싸움의 품격

싸움의 품격

개정판 1쇄 발행 2025년 6월 5일

지은이 안건모
펴낸이 권경옥
펴낸곳 해피북미디어
등록 2009년 9월 25일 제2017-000001호
주소 부산광역시 동래구 우장춘로68번길 22
전화 051-555-9684 | 팩스 051-507-7543
전자우편 bookskko@gmail.com

ISBN 979-11-990656-7-3 03810

싸움의
품격

류미례 | 박상규 | 최인기 | 반영숙과 김성수
구수정 | 박경석 | 선애진 | 고현종 | 장혜옥

안건모
인터뷰집

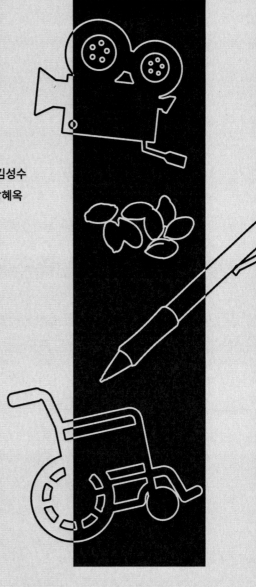

지지 않고 나아가는
10인의 이야기

해피북미디어

책을 펴내며

싸움에도 격이 있습니다. 우리 사회에는 품격 있게 싸우면서 보람 있게 사는 사람들이 있습니다. 2015년 12월 '〈작은책〉 올해의 인물'을 뽑아 인터뷰하기 시작한 뒤, 2019년 현재까지 다달이 한 분씩을 만나 그들의 삶을 들여다봤습니다. 모두 개인의 자존감과 사회의 정의를 위해 품격 있는 싸움을 하고 있는 사람들입니다. 잘못된 세상에 맞서, 불의에 맞서 치열하게 싸우면서 살아왔습니다. 그중에 서로 분야가 다른 아홉 가지 사례, 열 분을 뽑았습니다. 류미례, 박상규, 최인기, 박경석, 구수정, 선애진, 고현종, 반영숙과 김성수, 그리고 장혜옥이 그 주인공입니다.

가장 먼저 류미례 영화감독 이야기입니다. 류 감독은 평범한 학생이었습니다. 학원 민주화를 위해 소극적인 학생운동을 하다가, 현대중공업이 파업 중이던 노동자들에게 식칼테러를 저지르는 걸 보고 '격한 운동권'이 된 분입니다. 인생은 이렇게 알 수가 없습니다. 학교를 졸업하고 '노동자'로 살고 싶었던 류미례는 영화감독이 됩니다. 류 감독은 아이를 키우면서 어떻게 영화를 찍을 수 있었을까요? 영화로 여성의 삶을 그리는 류미례 감독의 삶을 전합니다.

두 번째 인물은 〈셜록〉이라는 독립언론 기자 박상규입니다. 박상규는 〈오마이뉴스〉 기자였습니다. 자유롭게 취재하는 기자로 살고 싶어 과감히 〈오마이뉴스〉를 나온 뒤, 직원들에게 엽기적인 폭력 행위를 저질렀던 웹하드 업체 양진호 회장을 세상에 고발해 감옥에 가게 합니다. 또 박준영 변호사와 함께 무기수 김신혜의 재심 판결을 이끌어 내고, 익산 택시 기사 살인 사건과 삼례 나라슈퍼 살인 사건의 진범을 밝혀내기도 합니다. 그 과정은 마치 한 편의 드라마 같습니다. 박상규의 취재는 진실을 찾기 위한 싸움입니다. 그런데 인간의 삶은 정말 알 수 없습니다. 초등학교 2학년 때까지 한글을 깨치지 못했던 사람이 어떻게 기자가 됐을까요? 요즘은 무슨 기사를 준비하고 있을까요?

계란으로 바위를 깨려는 노점상 지킴이가 있습니다. 젊었을 때 사회민주주의청년연맹(사민청)이라는 단체에서 활동하다가 독재정권에 잡혀 6년 구형을 받고 항소심에서 집행유예로 출소한 최인기입니다. 그런데 그 후에는 노점상 권리를 위해 싸우게 됩니다. 집과 일터를 뺏기고 생존권을 위해 싸워 왔던 도시 빈민들의 역사를 담아낸 『가난의 시대』 등 네 권의 책을 냅니다. 20년 넘게 품격 있는 싸움을 하고 있는 최인기의 삶을 따라가 봅니다.

반영숙, 김성수 부부의 삶도 재미있습니다. 반영숙은 간호사 자격증을 딴 뒤, 병원에 취직해 돈을 벌지 않고 태백 탄광 지역에서 노동상담소 간사로 활동하면서 독재정권과 싸우기 시작합니다. 자신만 잘사는 사회가 아닌 모든 이들이 행복하게 사는 사회를 꿈꾼 거지요. 노태우 정권이 반영숙을 '불순 세력'으로 몰아서 구속시키려고 했지만 반영숙은 빠져나옵니다. 그 뒤 한 남자를 만나 연애를 하는데, 그 남자 또한 '싸우는 사람'이었네요. 이들이 만나 30만 원 보증금으로 방을 구해 살아가는 과정 또한 기막힌 소설입니다. 현재 강릉으로 귀농해서 살고 있는 이들의 사연을 읽어 보시면 무척 힘들게 살았고 현재도 그렇게 살고 있지만, 묘하게 '아, 나도 이들처럼 살아보면 어떨까' 하는 생각이 들지도 모릅니다.

대학 3학년 때 공장을 들어갔다가 위장취업이 들통나 회사에서 쫓겨난 구수정의 이야기도 참 특이하고 흥미진진합니다. 잡지사 기자, 김대중 선거 캠프 업무 등 여러 가지 일을 하며 살다가 『불멸의 불꽃으로 살아』와 『사이공의 흰옷』 책 두 권을 읽고 베트남으로 홀로 유학을 갑니다. 그것도 1993년, 한국과 수교한 지 얼마 되지 않았을 때입니다. 가자마자 유학비 2천만 원을 소매치기당하고 굶어 죽을 뻔하다가 살아납니다. 영화에서만 볼 수 있는 사연이 이어집니다. 베트남전쟁 때 한국 군인들이 베트남 양민을 잔혹하게 무차별 학살한 사실을 알게 됩니다. 사실을 파헤칠수록 독재정권, 베트남 참전 군인, 극우 보수주의자들이 죽이겠다고 덤벼듭니다. 하지만 구수정은 포기하지 않습니다. 어떻게 대응했을까요?

"사람이 휠체어를 타고 평생을 살아갈 수 있다는 것은 상상도 못" 했던 박경석의 삶도 치열합니다. 해병대 출신인데 한순간 사고로 장애인이 된 박경석은 장애인이 되고 나서 가장 먼저 무엇을 요구하며 싸웠을까요. 노약자들뿐만이 아니라 갑자기 다리를 다친 건강한 사람들도 탈 수 있는 전철역 엘리베이터나 장애인 콜택시, 저상버스가 결코 저절로 나오지 않았다는 사실을 인터뷰하면서 깨달았습니다. 박경석은 장애인도 "인생을 살아가는 게 즐거운 일"이라고 말합니다. 우리는 박경석의 품격 있는 삶을 볼 수 있습니다.

토종씨앗을 지키려고 끊임없이 싸움을 하는 농사꾼도 있습니다. 이 여성 농사꾼은 대학 때 님 웨일즈가 쓴 『아리랑』을 보고 주인공처럼 살고 싶었다고 고백합니다. 선애진은 대학을 졸업한 뒤 공장을 들어가 노동자가 되려고 했습니다. 그런데 3학년 때 백골단한테 방패로 찍히고 밟힌 허리가 낫지를 않아 공장에서 일을 할 수가 없어서 노동자의 삶을 포기할 수밖에 없었습니다. 선애진은 한 남자를 만나 귀농을 합니다. 농사꾼은 농사만 짓고 살면 되지 않을까 했지만 그럴 수는 없었습니다. 무엇 때문에 싸우고 있을까요? 얼마나 싸우고 다녔으면 유치원 교사가 선애진의 딸이 북한 노래를 부르고 다닌다는 전화를 했을까요. 그 노래는 '농민가'였습니다. 하지만 선애진은 외국 종묘, 종자회사에 넘어간 우리 토종 씨앗 살리기 싸움을 하고 있습니다. 저는 그 씨앗 살리기에 동참하지 못했지만 선애진을 인터뷰하면서 '언니네 텃밭' 꾸러미를 알게 됐습니다. 덕분에 지금까지 2주에 한 번 오는 싱싱한 우리 농산물을 먹고 있습니다.

나이가 들어 품격 있는 죽음을 맞이하기 위해 노년유니온 사무처장을 맡아 불평등한 세상에 맞서 싸우는 고현종의 이야기도 흥미롭습니다. 고현종은 젊었을 때 대학에서 제적당하고 잠깐 공장에서 일하다가 해고됩니다. 그때부터 싸우면서 살기 시작합니다. 어쩌다 사노맹 조직원이 될 뻔(?)하기도 합니다. 한때는 택시회사에서 노조 간부로 불의에 맞서 싸우기도 하고 진보 정치에 뛰어들어 기득권에 맞서 싸우기도 합니다. 노점상도 해 보는데 그것조차도 싸워야 합니다. 자릿세 받으려는 조폭, 단속하는 구청이 있네요. 삶의 목표가 '혁명'이었다는 고현종. 새로운 희망, 노년유니온은 과연 성공할까요?

마지막으로 장혜옥 이야기입니다. 대학을 졸업하고 바로 안동에서 교사가 된 장혜옥. 그 당시 안동에서는 여자를 '2등급 인류'로 취급했답니다. 뼛속까지 보수적인 지역 안동에서, 여교사 장혜옥은 첫 출근 날에 남자도 못 입는 청바지를 입고 출근합니다. '감히' 상상이나 했을까요? 장혜옥은 어떻게 버텼을까요? 한 발짝 더 나아가 장혜옥은 그런 지역에서 의식이 깨인 몇몇 남자 교사들과 '민주교육추진 전국교사협의회'(전교협)에 가입합니다. 이 단체는 나중에 전국교직원노동조합(전교조)이 되고, 이 전교조가 합법화된 뒤 장혜옥은 처음으로 여성위원장이 됩니다. 원칙주의자, 부드러운 카리스마, '탈레반' 같은 별명을 얻으면서 노무현 정부의 신자유주의 교육 정책에 맞서 싸웁니다. 그러다 해직되지요. 장혜옥 선생은 결국 복직을 못 하고 정년퇴임한 뒤, 강원도 강릉으로 내려갑니다. 과연 장혜옥의 삶은 실패한 삶일까요? 우리가 사는 이 세상이 대체 어떤 세상이기에 그렇게 살아야 하는 걸까요?

독자님이 만일 책에 나오는 분들 중 하나였다면 어떻게 살았을까요? 독자님도 이들처럼 싸우지 않았을까요? 아니, 어쩌면 지금도 싸우고 있는 중인지도 모르겠네요. 우리는 싸워도 '품격 있는 싸움'을 해야 합니다.

차례
—

류미례 독립영화 감독,
영화로 여성의 삶을 그리다

—

"나 영화하기 잘한 거 같아"

"나 영화하기 잘한 거 같아"

어느 날 아침, 류미례가 잠에서 깨어나 밥을 먹으려고 하는데 밥이 없었다. 그럴 수밖에. 늘 엄마나 언니들이 해 주는 밥을 먹었다. 결혼을 하고 나니 자기가 움직이지 않으면 밥은 없었다.

또 이상한 일이 있었다. 남편이 이상한 걸 물었기 때문이다.

"여보, 내 양말 어딨어?"

"아니, 내 양말도 모르는데 내가 당신 양말을 어떻게 알아?"

남편은 깜짝 놀랐다.

"아니, 당신 페미니스트였어?

류미례는 페미니스트가 아니었다. 그냥 젊은 여자였다. 그동안 엄마가 해 준 밥 먹고, 챙겨 준 양말을 신고 노랗게 물들인 머리를 하고 룰루랄라 다녔던 젊은 여자였다.

이상한 일은 그뿐이 아니었다. 남편이 옷을 다려 입지 않고 후줄근한 차림으로 나가면 류미례가 욕을 먹었다. '남편이 후줄근한데 왜 내가 욕을 먹지?' 류미례가 결혼하고 이상하고 힘들었던 건 이 세 가지였다.

결혼하고 난 뒤 이렇게 삐걱댔던 두 사람은 이제 서로가 할 일을 안다. 여자 할 일은 여자가, 남자가 할 일은 남자가 해야 하는 법이 없었다. 집안일은 시간 되는 사람이 한다. 아이들은 맛있는 걸 먹고 싶을 때 아빠한테 조른다. 음식 솜씨가 없는 엄마보다 아빠가 해 주는 게 더 맛있다. 집안 생계는 오로지 아빠 책임이 아니다. 늘 함께 책임져 왔다. 남자 일, 여자 일 따로 없이 하면서 사는 이 부부는 싸울 일이 없다.

류미례. 독립영화 〈엄마〉로 제5회 서울국제여성영화제에서 옥랑문화상, 〈친구〉로 제27회 서울독립영화제 우수작품상, 〈아이들〉로 제36회 서울독립영화제 독불장군상 등을 받고, 그 밖에 많은 영화들이 여러 영화제에서 수상 후보로 올랐던 감독이다. 요즘은 류미례 감독이라고 불린다. 아이 셋을 키우면서 영화를 만들었던 류미례 감독은 어떻게 살아왔을까. 그이의 삶을 따라가 본다.

류미례는 전라남도 해남 출신이다. 아버지는 고아로 어린 시절은 불우했다. 그래도 결혼하고 난 뒤 얼마 동안은 건실한 가장이었다. 40대 초반 사고로 실명을 당하면서 인생을 포기했다.

말년의 아버지는 폭력적으로 변했고 자주 엄마와 싸웠다. 아버지의 폭력을 피해 엄마가 집을 나가면 류미례와 언니들은 아버지가 무서워 친구집이나 친척집을 전전했다. 모두가 떠난 집에서 아버지는 술만 마시다 피를 토하고 돌아가셨다. 아버지의 임종을 지키지 못한 것은 가족 모두에게 큰 상처로 남았다.

아버지가 돌아가시고 남은 건 빚밖에 없었다. 가난을 견디다 못해 엄마는 아이들을 이끌고 서울로 갔다. 류미례가 중학교 2학년 때다. 류미례는 서울에서 살면서 처음으로 가난이 뭔지 절실히 깨달았다. 시골에서도 가난했지만 잘 몰랐다. 서울로 올라가니 먼저 셋집이 충격이었다. 서울은 꿈의 도시인 줄 알았다. 집에 들어가면 마당이 있는 그런 집을 생각했다. 가족이 터를 잡은 곳은 중화동 반지하였다. 주인집 때문에 벨을 누르지 못하고 쪽문으로 들어가는 게 너무 싫었다.

류미례 형제는 6남매였다. 오빠는 군대 가고 큰언니 둘째 언니는 실업계를 졸업하고 집안 살림을 보탰다. 류미례는 돈을 벌 수 있는 교사가 꿈이었다. 86학번 큰언니는 학생운동 열심히 하다가 상처를 받고 은둔하고 있었다. 류미례는 학생운동이라는 건 위험한 일이라고 생각해 대학을 가더라도 운동을 안 해야겠다고 생각했다. 그런데 둘째 언니도 운동권이었다. 그 언니가 대학을 가면 똑똑하게 보여야 된다고 운동권 노래 〈너를 부르마〉를 가르쳐 줬다. 하지만 류미례는 대학을 들어가서 〈개똥벌레〉를 불렀다.

한국사학과 89학번. 고려대학교를 들어갔다. 류미례는 학교를 다니면서 학비를 벌어야 했다. 학비를 못 버는 순간 그 세계에서 아웃될까 봐 두려웠다. 돈을 버는 일이라면 뭐든지 했다. 과외,

카페 서빙, 학교 불법주차 단속, 심리학과에서 타자 치는 실험 알바, 서점 점원 알바 등을 했다.

당시는 학원민주화 투쟁 시기였다. 부정 입학 문제로 학생들이 수업 거부를 하고 있었다. 류미례는 학생운동을 하지 않겠다고 했지만 학원민주화는 돼야 한다고 생각해 열심히 참여했다. 그해 2월 현대중공업 회사는 파업 중이던 노동자들에게 식칼테러를 저질렀다. 그걸 보면서 이 사회에 문제가 있다고 생각했다. 4·19혁명을 기념하는 4·18대장정을 하면서, 또 광주항쟁을 공부하면서 새로운 세상이 열리는 느낌이었다. 『껍데기를 벗고서』와 같은 책으로 세미나 하면서 새로운 내용을 알게 됐다. 이 세상이 너무 부당했구나 하는 걸 알게 되고 열심히 해서 세상을 바꿔야겠다고 생각했다. 어느 순간부터 격한 운동권이 돼 있었다. 그런데 지금 돌아보면 류미례는 운동에 대해서 한 번도 후회한 적이 없다.

류미례는 혁명가의 삶을 살고 싶었다. 대학에서 3학년 때부터 소수 정파 소속이었다. 류미례는 자신이 속한 조직이 훌륭하고 탄탄한 조직인 줄만 알았다. 대학을 졸업하고도 운동을 계속할 줄 알았고, 사회에 나가서 어떤 임무가 주어질 줄 알았다. 이를테면 공장을 들어가 노동자들을 조직한다든가 하는 임무. 하지만 1993년 졸업하고 나니 아무런 할 일이 없었다. 조직은 사회와 연계되어 있지 않았다. 실망하고 조직을 원망하면서 1993년에 혼자 구로공단 직업훈련원에 들어갈 결심을 했다. 일도 배울 수 있고 한 달에 17만 원을 받는다고 들었다.

비슷한 처지의 동기가 이런 괴담을 들려줬다. "어떤 사람이 공장을 들어갔더니 누가 따로 불러서 '야, 내가 5년 동안 탁구부 하나 만들었다. 난 떠날 테니 이제 니가 맡아라' 하더래." 그만큼 조직하기가 힘들다는 말이었다. 현장에서 노동자들이 잘하고 있는데, 힘들고 다 빠져나가는 시기인데, 자신이 과연 공장을 들어가서 일할 수 있을까? 공포감이 들었다.

류미례는 직업훈련원에 들어가려고 입사지원서를 써서 구로공단을 찾았다. 눈이 내리고 있었다. 아스팔트 거리는 지저분했다. 류미례는 그 공장 앞 거리를 세 바퀴 돌면서 망설였다. 결국 지원서를 내지 못하고 그냥 돌아왔다. 도저히 자신이 없었다. 류미례가 사는 집이 생각이 났다.

류미례 집은 광명 하안동 8단지였다. 맞은편에 13단지 임대아파트가 있었다. 8단지 입주민들은 13단지 아이들이 넘어올까 봐 담을 쌓았다. 그 아이들을 보면서 저게 내 미래가 되지 않을까 겁이 났다. 원서를 냄으로써 공장에 다니는, 평생 그런 식으로 살 것 같았다. 자신이 없었다. 노동자대회 때 마포대교에서 행진할 때를 떠올렸다. 경찰에게 막혀 있는데 대오에서 학출 노동자인 듯한 사람들이 이야기를 나누고 있었다.

"야, 옛날 생각나지 않냐?"

류미례는 그 말들이 무서웠다. '투쟁은 신나지만 내가 공장 노동자로서 일상을 버틸 수 있을까?' 그 뒤로 류미례는 헤맸다. 아니, 잠적해 버렸다. 1995년까지 사람을 아무도 만나지 않았다. "힘을 찾을 거야. 훌륭하게 돼서 돌아가야지. 전투적인 모습, 혁명적 노동자의 꿈을 가진 사람으로 나타나야지." 혁명가가 되고 싶었던 사람이었다. 문화생활도 안 하고, 옷도 마음대로 못 입고, 연애는 혁명의 적이라고 생각했었다. 후배와 세미나를 할 때였다. 후배가 자기는 가난한 집안의 장남이기 때문에 돈을 벌어야 된다고 했다. 그때 류미례는 단호하게 말했다. "안 돼. 우리는 혁명을 만들어야 돼." 그런 말을 뱉어 왔던 자신이 학원 강사라니 절대로 후배들 앞에 나타날 수가 없었다. "훌륭하게 돼서 나타나야 돼." 곱씹었다.

류미례는 서울 마포구 합정동에 있는 학원에서 수학 강사를 했다. 3년 동안 강사를 하면서 운동과 관계를 끊고 살았다. 그 당시 학원 강사 중엔 류미례같이 운동권들이 많았다. 드라마 〈해를 품은 달〉 작가 진수완도 같은 학원 강사였다.

류미례는 학원 수업시간이 끝나고 강사들과 늘 술을 마셨다. 자신이 어떤 사람인가 생각해 보는 시간이었다. 적금을 깨서 술 먹은 적도 있다. 자학하는 사람들이 많았다.

그러다가 어느 날 밤 12시에 술에 취한 채 집에 들어가다 집 앞에서 쓰레기차를 봤다. 문득 '내가 쓰레기처럼 살고 있구나. 더는 이렇게 살아서는 안 되겠다' 싶었다. 류미례는 그다음 날부터 한겨레 문화센터 강좌를 신청했다. 사진, 영화비평, 자유기고가 교실, 뭐든지 다 들었다. 그 당시 민예총 문화비평이 인기였다. 문예아카데미 문화비평교실 1기를 수강했다. 그때 선배들이 민예총 편집실에 사람이 없는데 타자 치는 사람이 필요하다고 했다. 거기를 들어가면 다양한 사람들을 볼 수 있을 거 같았다. 민예총 자원봉사 일을 하다 편집실 기자가 됐다. 류미례는 학원 일을 정리했다.

어느 날 편집실에 후원자가 주간으로 왔다. 편집장도 바뀌었다. 그런데 그 편집장이 월간지 개념이 없었다. 마감 막판에 뒤집기 일쑤였다. 마감에 기획을 내는 일도 있었다. 류미례는 대차게 쏘아 댔다. "편집장 님, 모르시면 배워요." 편집장 콧수염이 바르르 떨렸다. 저러다가 맞는 거 아닌가 하고 후배가 생각할 정도였다. 맞지는 않았지만 편집장은 용납하지 않았다. '감히 하찮은 여자 활동가가.'

이틀 뒤 편집장이 경건하게 낮고, 무게 있게 말했다. "이제 너희랑 같이 일을 못 하게 됐다." 류미례는 깜짝 놀랐다. "아니, 편집장님 그만두시게요?" 편집장은 깜짝 놀라 평상시 목소리로 말했다. "아니, 나 말고 너희." 해고였다. 류미례는 속없이 마감 걱정을 했다. "책은 어떻게 하고요? 인수인계는 해야요?" 편집장은 단호했다. "아니, 괜찮아. 책 걱정은 하지 마." 류미례는 민예총 4층에 있는 실장한테 전화를 했다. "실장님, 우리 잘렸어요." "은숙이도? 너만 자르는 걸로 얘기됐었는데?" 눈치 없는 류미례 때문에 결국 후배도 같이 해고됐다.(그 뒤 민예총은 혁신을 했다.) 류미례는 민예총을 그만두게 됐지만 그 덕분에 길을 찾을 수 있었다.

민예총 편집 기자 시절 취재를 다닐 때 '노동운동의 조직적 발전과 영상운동'이라는 강의를 하는 곳에 취재를 갔다. 다큐를 보면서 문득 '노동자가 되지 않아도 노동자가 될 수 있구나' 하는 생각이 들었다. 그래, 나는 영상으로 하면 되겠구나. 류미례는 다시 한겨레 비디오 제작 강좌를 들었다.

류미례는 처음에 '노동자뉴스제작단'을 찾아갔다. 하지만 거기서 받아 주지 않았다. 이번엔 '푸른영상'을 갔다. 그 당시 푸른영상은 〈22일간의 고백〉이라는 조작 간첩 이야기를 다큐로 만들고 있었다. 류미례는 이곳에서도 받아 주지 않을까 봐 외부 스태프로 참여하겠다고 했다. 그 뒤로 류미례는 지금까지 이 푸른영상에서 일을 하고 있다.

류미례가 〈나는 행복하다〉라는 다큐를 만들 때였다. 봉천동 장애인복지지원센터에 있는 아이들을 찍었다. 그곳엔 성공회 사제로 장애인 사목 활동을 하는 유 신부가 있었다. 영화 촬영을 하다가 친해졌다. 유 신부는 류미례가 마음에 들어 청혼을 했다. 류미례는 거절했다. "유 신부님은 뼛속 깊이 크리스천인데 저는 유물론자에다 마르크스주의자예요. 도저히 세계관이 양립할 수 없네요." 그렇게 거리를 두고 있었다. 어느 날 유 신부가 작업이 끝나고 만나자고 했다. 치킨을 시켜 놓고 맥주 한 잔을 할 무렵 유 신부는 갑자기 급하게 갈 일이 있다고 했다. 류미례 마음을 얻기 위해서 잘 보여야 하는 시점이었는데 유 신부는 단호했다. 유 신부는 가는 길에 류미례를 버스 정류장까지 태워다 준다고 했다. 치킨도 못 먹고 싸서 들고 나와 차를 탔다. 유 신부는 웬세 아이를 태웠다. 엄마가 집을 나가 버려 잘 데가 없는 아이들이었다. 그 집 아빠도 술주정뱅이에다 폭력 가장이었다. 유 신부는 그 아이들을 재울 곳을 찾아서 데려다 주려고 급히 나왔던 것이다. 류미례가 아이들한테 치킨을 주니 큰애가 동생한테 "고맙습니다, 해야지" 하는데 류미례는 눈물이 났다. 그 아이에게서 자신의 어릴 때 모습이 보였다. 류미례도 아버지가 술 취해서 들어오면 어디 갈 데가 없었다. 아버지는 집에 불 지른다고 휘발유를 뿌리면서 엄마를 데리고 오라고 했다. 아버지가 돌아가시기 전 한 달은 집에 들어갈 수가 없었다.

류미례는 유 신부의 그때 모습이 너무 좋았다. 자신의 마음을 얻기 위해서 온 사람이, 아이들 때문에 황급히 자리를 뜨는 모습이 좋았다. 류미례는 생각했다. '옛날엔 내가 세상을 구하고 싶었으나 지금은 내가 저 사람 옆에서 좋은 가정을 꾸리는 것도 세상을 구하는 거다.' 그런데 류미례는 결혼 승낙을 할 기회가 없었다.

류미례 언니가 러시아 유학을 떠나는 날이었다. 환송회 날 유 신부는 갑자기 류미례 엄마에게 류미례와 결혼하겠다고 선언했다. 류미례가 보기에 뜬금없었다. '난 결혼하겠다고 승낙하지도 않았는데?' 엄마 처지에서는 좋았다. 재취도 아니었고 사제였으니 허락을 안 할 이유가 없었다. "여자가 서른을 넘으면 재취 자리밖에 없다"고 말하며 자주 울던 엄마는 남자가 그냥 초혼이라는 것에 만족하며 얼른 결혼하라고 했다.

류미례는 속성으로 크리스천 세례를 받고, 특별 관면혼배를 올렸다. 유 신부에게 "교회는 다녀 줄게" 했다. 류미례는 〈나는 행복하다〉 시사회를 하는 날 결혼식을 올렸다. 영화도 결혼도 첫 작품이었다. 봉천동 자활기관시설에서 신혼살림을 차렸다.

두 사람은 결혼하고 남녀의 성 역할에 대해서 고민을 많이 했다. 끊임없이 서로를 아는 과정을 거쳤다. 류미례는 처음에 남편이 전담 사제 같은 역할로 느꼈다. 어느 날 유 신부는 강화로 발령이 났다. 장애인 직업재활시설 기관장이었다. 유 신부가 먼저 간 뒤, 시골이 무서웠던 류미례는 1년 뒤에 합류한다. 그때가 부부의 인생 정점이었다. 유 신부가 열심히 움직여서 시설의 매출이 올랐다. 일이 잘되니 사람들이 알아봐 주고 유 신부는 지역 유지라도 된 듯했다. 하지만 가만 있어도 월급 잘 나오는데 자꾸 일을 벌이는 유 신부를 직원들은 좋아하지 않았다. 서울에서 데려온 직원이 인사 발령에 불만을 품고 투서를 했다. 성공회에서 2013년 유 신부를 서울로 다시 발령을 냈다. 하던 일이 아닌, 자활 기관장으로 발령했다. 새 직장에서 1년을 고민하던 유 신부는 결국 장애인들하고 함께할 수 있는 일을 하기로 했고, 예상대로 시설 기관장에서 면직이 됐다.

갑자기 모든 게 사라졌다

직장이 없어졌다. 차도 없어지고 집은 두 달 안에 비워야 했다. 그동안 가난하지 않았다고 생각했다. 성공회에서 빌려 준 집에서 살았기 때문에 집 걱정도 안 했다. 달랑 700만 원이 있었다. 세상에 내던져졌다. 애들이 민감했다. "우리 여기서 못 산대." 너무 슬펐다. 집을 구하기 전까지 나갈 데도 없었다. 일요일마다 의연하게 교회는 나가야 했다. 무대에 나간 듯이 살았다. 사람들은 남의 불행에 대해서 고소해하는 거 같았다. 사람들과의 관계가 류미례와의 관계라고 착각했던 거다. 남편이 지위를 잃는 순간 그 착각은 허망하게 깨어졌다. 인간관계가 허상이었다.

그동안 남편은 뭐든지 해 주는 척척박사였다. 그런 어려움을 겪으면서 류미례는 남편도 자신과 같은 사람이었다는 걸 깨달았다. 류미례는 남편에게 큰소리쳤다. "내가 먹을 걸 책임질 테니까 하고 싶은 일 해." 그런데 할 일이 없었다. 류미례는 주로 미디어 교육으로 돈을 벌었는데 일자리가 없어졌다. 보는 곳마다 면접에서 떨어졌다.

유 신부는 수완도 좋고 운도 좋은 사람이다. 정부 정책 중 공기업, 대기업에서 장애인을 2.5퍼센트 고용하든가, 장애인이 만든 물건을 사든가, 하는 게 법으로 정해져 있다. 서울시도 그런 사업을 해야 했다. 서울시 공무원들이 인터넷을 검색하다가 시설에서 매출을 10배 올려놓은 유 신부 사례를 보고 장애인 사업 발제를 해 달라는 제안을 했다. 유 신부는 장애인을 고용하면서도 이익을 낼 수 있는 대안으로 정미소 사업을 제안했다. 품질도 좋고, 소비도 잘되고 판매도 쉬운 것, 이 세 가지를 충족할 수 있는 게 쌀이다. 정미소를 지어 친환경농산물 쌀을 장애인이 찧어 팔면 노동 능력은 낮아도 생산력을 높일 수 있다. 서울시에서는 그 사업을 발제했던 유 신부에게 맡겼다. 이런저런 이유로 1년이 늦어졌지만 올 4월 29일에 준공식을 한다.

류미례는 첫딸 하은이를 낳았지만 영화를 찍고 싶었다. 1999년부터 하은이를 업고 다니면서 카메라를 돌렸다. 〈엄마…〉였다. 이 제목 뒤에는 말줄임표가 붙는다. 류미례는 "엄마!" 불러 놓고는 목이 메어 말을 이을 수가 없는 상황을 나타낸다고 했다. 아이를 업고 찍을 수 있는 영화는 그것밖에 없었다. 이 영화에는 세 엄마가 나온다. 류미례 감독 자신, 류미례 셋째 언니, 그리고 류미례의 엄마다. 이 세 엄마는 여자이기 때문에 겪을 수밖에 없는 좌절의 경험들, 그리고 엄마로서 어려움을 극복하는 과정을 보여 준다. 류미례는 영화를 찍으면서 식구들이 상처를 받을까 봐 걱정이 됐다. 하지만 "너도 힘들었구나. 나도 힘들었는데" 하고 공감하는 것으로 위로를 받았다. 류미례는 또 우리 자신들과 비슷한 경험이 있는 분들과 공유하고 싶었고 삶이 정말 힘들다고 해도, 그런 사람이 옆에서 살아가고 있고, 끝이 아니다, 앞에는 다른 시간이 기다리고 있다는 것을 보여 주고 싶었다.

"당신이 처음도 아니고 끝도 아니다. 그리고 인생은 계속되는 것이다."

지금은 러시아에 사는 언니가 알려 준 러시아 속담이다.

류미례는 〈엄마…〉를 찍으면서 위로 언니 둘이 죽었다는 사실을 알았다. 삶이 고달파서였을까. 엄마는 늘 외롭고 어두웠다. 그런 엄마가 남자친구와 연애하면서부터 밝게 변했다. 류미례는 엄마의 그런 모습이 안타까우면서도 소중하다. 엄마의 남자친구는 류미례 엄마를 위해 운전면허를 따려고 시험 공부를 한다. 류미례는 "엄마가 행복해 보인다. 그러면 됐다"고 한다. 이 영화는 제5회 서울국제여성영화제에서 옥랑문화상을 받았다.

이 영화를 찍을 때 첫딸 하은이가 분리불안으로 힘들어했다. 엄마가 눈앞에서 안 보이면 심하게 불안해했다. 그런데 류미례는 계획에도 없이 그 후에 아이 둘을 더 낳았다. 류미례는 6년 동안 아이들 곁에서 시간을 보낸다. 엄마와 떨어져 지낸 자신의 어린 시절, 그때의 결핍감을 내 아이에겐 물려주지 않겠다고 그이는 생각했다. 그리고 시간이 지나면서, 아이도 엄마도 난관을 이겨 낸다.

류미례는 다시 일을 시작하고 싶었다. 어느 날 김동원 감독이 말했다. "아이 키우는 영화를 만들어 봐." 류미례는 자신의 〈아이들〉을 영화로 만들기로 했다. 하지만 고민을 많이 했다.

"훨씬 더 어려운 시간을 지나 온 윗세대 엄마들한테는 젊은 엄마들의 말이 공감보다는 반감을 생기게 한다는 걸 알았기 때문이다. 하지만 그렇게 입을 다물다 보니 나중에는 말이 가슴 밑바닥에 고인 채 굳어 가는 듯했다. 선배 엄마들한테는 '그게 무슨 고생이라고?'라는 말을 들을까 봐, 결혼하지 않은 후배들한테는 '아기 얘기 좀 그만해'라는 말을 들을까 봐, 하고 싶은 말이 가슴 가득 고여 있는데도 말을 아꼈다."

〈아이들〉은 세 아이와 함께 지내 온 10년간의 육아 일기였다. 류미례는 이렇게 말한다.

"아이랑 함께 있다 보면 수시로 내 안에 가라앉아 있는 것들을 보게 된다. 울음을 참지 못하는 그 어디쯤, 마음이 찡해지는 그 어디쯤에서 내 안에 웅크린 어린 내가 그 존재감을 알린다. 아이가 없었더라면 그냥저냥 살아갔을 내 인생이 아이 때문에 드라마틱해졌고, 아이의 성장 드라마를 함께 쓰며 나 또한 성장해 왔다. 초보 엄마로 실수를 연발하며 키웠던 하은이, 아이들이 만드는 작은 우주라고 할 수 있는 어린이집을 엿보게 해 주었던 한별이, 그리고 언니 오빠와는 너무나 다른 강한 성격 때문에 세상의 모든 아이들을 다시 보게 만들었던 은별이. 이 세 아이들은 내 영화의 주인공들이자 내 인생의 연출자들이다. 이 영화는 10년 동안 아이들과 함께 써 온 육아 일기이자 시리즈의 끝이 궁금한 육아 시트콤이다."

이 영화는 제36회 서울독립영화제 독불장군상을 받았다.

그리고 〈아이들〉 두 번째 작품인 〈따뜻한 손길〉을 찍고 있었다. 아이들이 소년이 된 모습을 보여 주는 영화다. 이 영화를 열심히 찍다가 세월호 참사가 일어났다. 류미례는 아무 일도 할

류미례 감독이 찍은 〈아이들〉〈엄마…〉 영화 포스터

수 없었다. 이렇게 자란 아이들이 그런 사고를 당했다는 게 힘들었다. 아이들의 반짝이는 순간순간이 하루아침에 소멸돼 버렸다. '세월호'를 외면하고는 그 어떤 작업도 할 수 없었다. 그 뒤부터 류미례는 세월호 416연대 미디어위원회에서 활동하고 있다. 2014년 11월 결합한 뒤부터 투쟁 집회 기록 영상을 만들고, 간담회 장면 영상 제작을 했다. 2015년부터는 기획을 해서 세월호의 기억을 불러내는 미디어위원회 활동을 하고 있다. 올해는 세월호 참사 2주기를 맞아 7편의 옴니버스 영화 〈망각과 기억〉을 상영했다. 류미례는 글 쓰는 일과 구성하는 일을 맡아 진행했다.

그 일을 하는 도중에 큰 교통사고가 났다. 2015년 10월 13일 강화도 온수리 온수사거리에서 집으로 가던 중 반대편 농협 골목에서 튀어나온 차에 뒤를 받혔다. 상대편 차는 아반떼였고 류미례 차는 모닝이었는데 상대편 차에 받혀서 튕겨져 나간 류미례 차는 중앙선을 넘어 버스 정류장 부스를 완파하고 다시 튕겨져서 택시에 부딪쳤다. 순식간에 일어난 일이었다. 그 사고 때문에 류미례는 지금까지 병원을 다닌다. 몸도 몸이지만 그때 보험회사 직원이 한 말에 상처를 받았다. "당신은 도시 일용 노동자보다 보상금이 적다." 그 말에 류미례는 '월급 받으면서 살걸' 하는 마음도 들었다. 병원에서 퇴원을 한 뒤에도 컴퓨터 앞에서 앉아 있기가 힘들었다. 요양하느라 목욕탕에 가면 또래 여성들이 하루 종일 있으면서 밥 시켜 먹는 걸 보고 참 편하겠다 생각했다. '나도 저랬으면. 저 세계로 들어갈 수 있을까? 나는 찬바람 부는

사막 같은 세상. 저기는 따뜻한 세상이구나.'

그래도 인생은 계속된다

류미례는 다시 일어선다. 사고 난 후 3개월 동안 일을 못 하다가 다시 세월호 미디어위원회 일을 시작했다. 물론 보수 받는 일이 아니다. 작년엔 활동비 20만 원을 받기도 했지만 지금은 자원봉사다.

지난 3월 10일부터 생활비 버는 일을 다시 시작했다. 화요일부터 돈보스꼬 영상대안학교에서 영상을 가르친다. 수요일에는 한예종 방송영상과 졸업 작품 지도를 하는데 방학 때는 수업이 없다. 목요일에는 KBS 3라디오 〈함께하는 세상 만들기〉 프로그램에 나간다. 그 프로그램은 장애가 등장하는 영화를 소개하는 코너다. 이를테면 영화 〈내부자들〉에서 이병헌 오른팔 의수가 나오는데 저기에 왜 장애가 등장하는가 하는 걸 추리하는 것이다. 4월부터는 파주 세경고등학교 마이스터 특성화학교에서 다큐, 방송 제작을 가르친다. 올해 지원서를 냈는데 다행히 붙었다. 서울시에서 자유학기제 운영하면서 만든 제도라 그나마 강의료는 13만 원씩(?)이나 한다. 아이들한테 면접 붙었다고 하니까 "엄마, 우리 집 사자"고 했다. 은별이는 언젠가 말했다. "엄마 우리 집엔 보일러가 없나? 난로가 무서워."

다큐 마무리 작업도 시작했다. 류미례는 공교육 체계를 믿는다. 대안학교로 다 가면 가난한 아이들은 어떻게 할 것인가? 공교육은 포기할 것인가? 그럴 수 없다. 이번에 만드는 영화는 공적인 영역에서 이 아이들 양육을 책임질 수 있어야 한다는 얘기와 정상 가족 이데올로기를 깨는 이야기를 하고 싶었다. 그래서 지역 아동센터를 선택했다. 조손, 한부모 가정 아이들이었다.

2014년은 뜻깊은 해였다. 지금 살고 있는 집을 월세가 아닌 연세로 싼값에 얻었다. 고구마 농사도 지어 자신감이 생겼다. 잘 팔리는 게 신기했다. 더는 남편이 다니는 성공회 교구에 연연하지 않고 우리 인생의 계획대로 살아갈 수 있겠구나, 하는 자유로움을 얻었다.

류미례 감독 꿈은 소박하다. 영화를 잘 만들고 싶다. 최소한 대학 때처럼 입만 살았던 것을 반성하는 의미도 있다. 류미례는 말한다.

"다큐는 땀을 흘려야 된다. 찍지 않으면 이야기를 못 한다. 무언가 포착을 해야 된다. 영화를 보는 사람이 나도 저런데 하는 느낌이 나는 영화를 만들고 싶다. 별로 주장하지 않아도 되는 영화다. 누가 주장하는 게 뭐냐고 물으면 '별로 없어요' 하고 대답한다. 주 관객층이 여성이 많다. 비슷한 경험들을 가지고 있다. 여성들이 그런 자기 기억을 가라앉혀 놓고 산다."

류미례는 자신의 영화를 본 사람들이 자기 이야기를 하고 싶게 만드는 영화를 만드는 게 꿈이다.

〈엄마…〉에서 엄마는 춤추고 술을 마신다. 영화를 본 어떤 여성이 말했다. "우리 엄마는 더 심해요." 그런 말을 들으면 너무 고맙다.

류미례는 '애 키우는 게 영화가 될 수 있을까? 다른 사람들은 다 잘 키우는데 나만 문제 있는 거 아닌가?' 하고 미심쩍어했는데 〈아이들〉을 본 사람들의 반응이 좋은 걸 보고 "어머, 나 잘하고 있구나" 하고 생각한다. 어떤 이는 "어머, 저 밥상에 애들 반찬이 하나도 없네", "어머, 저 싱크대 먼지" 하면서 시어머니 눈으로 영화를 보면서도 눈물을 흘린다. 나이 먹은 이들이 "이불이나 개고 찍지", "아니, 애 키우는 게 그렇게 억울했냐? 영화까지 만들고" 할 때도 있다. 그런 이가 영화를 보면서 눈물을 흘린다. 그게 영화, 다큐의 힘이다.

류미례는 자신이 만든 영화가 다른 이들한테 자기 이야기, 그이들의 가라앉아 있는 이야기를 끄집어내는 문고리가 될 수도 있다고 생각한다. 류미례는 그런 영화를 만들고 있다.

"나 영화하기를 잘한 거 같애." (2016)

박상규 기자,
재심으로 유죄를 무죄로 이끌다

―

기자는 기사로 말한다

기자는 기사로 말한다

〈이상과 현실〉

1. 콘텐츠만 신경 써라. 좋은 기사는 통한다.

2. 돈 벌어 오라는 소리 안 하겠다. 돈은 내가 벌어 온다.

3. 네가 어디에서 뭘 하든, 신경 안 쓴다. 콘텐츠만 나오면 된다.

4. 클릭 수만 노리는 의미 없는 기사 쓰지 말라. 훗날 쪽팔려진다.

5. 웬만하면 일주일에 기사 하나만 써라. 대신 공부를 많이 해라.

6. 괜한 보고 하지 말라. 안 궁금하다. 우린 국정원이 아니다.

7. 큰일 아니면, 오전 9시 이전, 오후 6시 이후에 서로 카톡 보내지 말자.

8. 함부로 단체 카톡방 만들지 말라. 할 말 있으면 각자 끼리끼리 하라.

9. 회사 위해 일하지 말자. 좋은 저널리스트가 되도록 노력하자.

이상적이라는 거, 나도 잘 안다. 하지만 현실론을 앞세워 이상을 추구하지 않기에, 우리 현실이 요 모양 요 꼴인지도 모른다. 이상을 추구해야 생각이 현실이 된다. 아, 열 번째 약속은 이것이다.

"최소 1년간 월급 안 밀리고 줄 수 있으니, 걱정 말고 하고 싶은 대로 해보자. 후회든, 반성이든, 조정이든 그때 하자."

박상규가 소규모(?) 언론 매체인 진실탐사그룹 '셜록'을 설립하면서 후배들에게 호기롭게 내세웠던 기치다. 아주 이상적인 회사다. 이런 회사가 얼마나 버틸 수 있을까.

박상규는 〈오마이뉴스〉에서 10년 동안 기자로 일하다가 출퇴근하지 않고 자유롭게 취재하고 마음대로 글을 쓰고 싶어 2014년 12월에 사표를 냈다. 그 무렵에 박준영 변호사가 찾아온다. 두 사람은 신윤경 변호사와 함께 '다음 스토리펀딩'에서 '재심 프로젝트 3부작'을 진행했다. 삼례 나라슈퍼 3인조 강도 치사 사건, 익산 약촌오거리 택시 기사 살인 사건, 무기수 김신혜 사건 재심을 요구하는 프로젝트였다. 익산, 삼례 사건의 피고인들은 재심에서 무죄를 선고받았다. 억울한 사람들이 감옥에 갇히고 16, 17년 동안 누명을 쓰고 있었다는 말이다. 아버지를 살해한 혐의로 감옥에서 20년 동안 무기수로 살고 있는 김신혜 또한 2018년 9월 대법원에서 '재심을 개시하라'는 판결을 받았다. 김신혜도 무죄로 나올 확률이 높다. 박상규는 박준영과 같이 대한

신윤경, 박상규, 황상만, 박준영, 네 사람이 뭉쳤다.

민국 언론계와 법조계에 큰 파장을 일으켰다.

그런데 박상규가 호기롭게 시작했던 회사는 길게 가지 못했다. 〈셜록〉에 다달이 후원회비를 내는 구독료 후원자 '왓슨'이 일주일 만에 150명까지 다다랐지만 딱 거기까지였다.

박상규를 살려 준 이는 양진호 한국미래기술 회장이었다. 불법 촬영물의 유통 온상이었던 웹하드 업체를 운영하고 직원들에게 엽기적인 폭력을 행사한 위디스크·한국미래기술 양진호 회장을 2년 동안 끈질기게 추적하고 파헤쳐 우리 사회를 다시 한번 충격에 빠뜨린다. 덕분에 후원자 왓슨이 기하급수적으로 늘었으니 양진호가 박상규를 살려 준 셈이다. 양진호 회장은 구속돼 있지만 제보자를 대기 발령 하는 등 이 사건은 지금도 진행 중이다. 양진호 회장이 검찰, 경찰을 관리한 정황도 드러나고 있다. 〈셜록〉은 〈뉴스타파〉, 〈프레시안〉과 공동 취재팀을 만들어 양진호의 갑질과 비리를 계속 파헤치고 있다.

기자는 기사로 말한다는 박상규. '다음 스토리펀딩'에서 후원금 10억 원, 후원자 수 1위를 기록했던 박상규. 1976년에 막내로 태어나 오작교 청계산 밑 보신탕집에서 살던 박상규. 어린 시절에 어머니가 다른 형제들을 다 데리고 집을 나가 아버지와 살던 아이. 외로움과 슬픔을 감추기 위해 더 활기차게 뛰어놀던 박상규의 삶을 따라가 본다.

오작교 개천마리

"오작교 청계산 밑에 있던 보신탕 집에서 살았어요."

그래서 박상규 별명이 '개천마리'이다. 박상규가 자랄 때까지 개 천 마리가 희생되지 않았을까 하는 농담에서 나온 별명이다. 그 집은 아버지 친척 동생이 지은 별장이었다. 아버지는 파주 미군부대에서 일하고 있었는데 사촌 동생이 그 별장 관리를 맡아 달라고 했다. 별장 바로 앞으로 계곡물이 흘렀고 둘레는 모두 숲이었다. 개나리가 빼곡하게 울타리를 두르고 있어 길에서는 별장이 잘 보이지 않았다. 손재주가 좋았던 아버지는 이사 오자마자 한길에서 별장으로 건너가는 계곡에 각목과 합판으로 나무다리부터 만들었다. 그 다리를 오작교라고 이름 지었다.

아버지는 그곳에 보신탕집을 차렸다. 아랫마을 이웃이 키운 똥개만 사들여 직접 요리해 팔았다. 살아 있는 닭과 오리도 요리했다. 안양, 군포, 과천에서까지 손님이 찾아왔다. 손님이 끊이지 않았다. 상규 아버지는 술을 좋아해 손님들과 같이 술을 먹었다. 보신탕이나 토종닭 백숙을 먹으면서 화투를 치는 손님이 많았다. 아버지도 그 판에 끼어들더니 점점 빠져들었다. 오토바이를 타고 안양시 인덕원까지 원정 도박을 나가기도 했다. 아버지가 아흐레나 밤을 새우고 돌아온 날, 엄마는 누나 둘과 형을 데리고 집을 나가 버렸다. 어린 상규는 날마다 울면서 엄마를 기다렸지만 엄마는 돌아오지 않았다.

상규는 덕장초등학교에 입학했다. 학교에 혼자 다닌 지 2주 만에 엄마가 학교로 찾아왔다. 엄마는 많이 달라져 있었다. 뽀글뽀글 파마에 뾰족구두를 신고 안 피우던 담배도 피웠다. 엄마는 목욕탕 때밀이로 일하고 있었다. 상규를 집으로 데려가면서 자신이 사는 곳으로 찾아오는 길을 자세히 알려 줬다.

"엄마한테 자주 갔어요. 초등학교 입학하면 차를 타고 왔다 갔다 할 수 있잖아요. 청계산 집에서 버스 타는 데까지 한 시간을 걸어가야 돼요. 한 시간 걸어서 버스 타고….'

엄마가 사는 곳은 창신여인숙 2층 끝방이었다. 좁은 방에는 낡은 화장대와 작은 자명종 시계, 석유곤로와 식기 몇 개가 있었다. 목욕탕이 쉬는 화요일마다 남자가 찾아왔다. 남자가 오면 엄마는 상규에게 천 원짜리 지폐 한 장을 주며 "오락실에서 오락하고 와." 했다.

어린 상규는 일주일에 3일 정도는 엄마한테 가 있고, 나머지는 아버지와 함께 살았다. 아버지는 술, 담배, 도박을 너무 좋아했다. 별장을 관리하라고 했던 친척 동생은 상규 아버지를 내쫓았다.

"아버지가 장사는 잘했어요. 술 먹고 도박하느라 돈을 못 모았죠. 그 집에서 나가 동네 월세방에 살았는데…. 그 친척 동생이 딴 세입자를 받은 거죠. 그런데 식당 한다는 게 아무나 못 한단 말입니다. 닭을 죽이고 하는 일이 보통 일이 아니거든. 아버지가 다시 그 집 종업원으로 들어가 살았죠."

박상규는 초등학교 2학년 때까지 한글을 깨치지 못했다.

"학교에서 나머지 공부했던 기억 때문에 제가 2학년 때까지 글을 깨치지 못했다는 것을 정확하게 기억해요. 한 맺힌 글자가 하나 있는데, '얘' 하고 '예'예요. 대답할 때는 '예', '얘들아' 할 때는 '얘'잖아요. 이게 받아쓰기 할 때마다 틀려서 엄청 맞은 게 잊히지 않아요."

박상규는 엄마 집에 갈 때마다 엄마가 일하는 목욕탕을 드나들었다. 엄마에게는 단골손님이 많았다. 목욕탕에서 음료수 파는 남영이 누나, 룸살롱에서 일하는 소영이 누나, 그리고 '마담 언니'와 자주 어울렸다. 목욕탕 일을 마치면 엄마는 상규의 손을 잡고 남부시장 어느 건물 지하에 있던 '현살롱'에 종종 갔다. 누나들은 어린 상규를 무척 귀여워했다. 남아무개 누나는 상규에게 한글을 가르쳐 주기도 했다.

박상규는 수능 1세대였는데 고등학교 때 전교 꼴등으로 내신 14등급을 받았다. 당연히 대학은 못 갔다. 나중에 보니 친구들은 다 대학을 갔다. 할 일도 없어 심심해서 재수를 시작했다.

"할 일 없어서 재수했어요. 학원도 다닐 수 없어서 혼자 공부했어요. 그때 공부 열심히 했죠. 대학을 가긴 가야겠더라고. 뭘 해 먹고 살지 하는 마음도 있었고. 공부를 혼자 하니까 되더라고요. 나는 학교 공부를 속도를 못 따라갔던 거예요. 성문기초영어부터 다시 했는데, 알아서 공부하니까 되게 잘 되는 거야. 재수해서 수능 거의 만점 받았어요. 하하하! 나는 이해력이 떨어졌어요. 그

대신 늦게 깨달아요."

박상규는 사학과를 선택했다.

"재수하면서 언어 영역 공부한다는 핑계로 그때부터 책을 봤거든요. 그때 본 책이 조정래의 『태백산맥』이에요. 문학작품을 통해 역사에 대해서, 세상에 대해서 조금 알았어요."

박상규는 굳이 『태백산맥』을 읽은 계기가 고등학교 때 텔레비전에서 본 드라마 〈여명의 눈동자〉 때문이 아니었나 생각한다.

"최대치가 나오는 빨치산 이야기. 지리산에서 죽는 장면이 나오는데 그 장면이 인상 깊었어요. 그때 지리산에 관심이 생겼고, 그러다 보니까 『태백산맥』 알게 되고 또 언어 영역 공부한다는 명목으로 『토지』 읽고, 그걸 읽으면서 사학과나 가자, 역사를 배우자 생각했죠. 가면 데모 선배들 많잖아요. 그 선배들하고 놀다 보니까 운동권이 됐죠. 데모도 많이 했지만 주로 연애 많이 했고. 놀기만 했죠. 하하하!"

박상규의 웃음소리가 특이했다. 쉰 듯한 목소리에서 나오는 새된 웃음. 정말 즐거운 웃음으로 들린다.

박상규는 1995년에 수원대학교를 들어갔다. 대학에 들어간 박상규는 공부는 뒷전이었다. 운동권 서클에 가입한 데다 그 지역에 철거민들이 많았기 때문에 철거민 투쟁에 함께하지 않을 수가 없었다.

"영통, 용인, 의왕시 오전동, 다 그때 개발했거든요. 그래서 철거 싸움이 그렇게 많았어요. 철거민 투쟁 많이 다녔는데 그게 저한테 트라우마였어요. 철거 싸움이 살벌하잖아요. 맨날 학교 주변에서 그런 일 터지니까 너무 무서웠고 싫었어요. 용인 수지 개발할 때였는데, 친구하고 같이 망루에 있다가 잠이 든 거야. 전경이 온 걸 몰랐던 거지. 시끄러워서 깼더니 전경이 밑에 막 새까맣게…. 이러다 죽는구나. 망루에서 밑을 내려다보면 바다에 떠 있는 것처럼 새까맣고 무서웠죠. 그때 9월 추석 전이었는데 추석이라 빠져나왔어요."

그리고 바로 며칠 뒤에 박상규가 있던 망루에서 같이 투쟁했던 신연숙 씨가 불에 타서 죽는 사건이 일어난다. 박상규는 그 일로 트라우마가 생겨 〈오마이뉴스〉 기자가 된 뒤 용산 참사 때에 무서워서 불나는 장면을 보지 못했다고 회상한다.

"무서워서. 그거 취재하기도 싫었고요."

그때만 해도 화염병과 최루탄이 난무하던 시절이었다.

"저도 화염병 던졌거든요. 화염병. 이걸로 전경 불 타 죽으면 어떻게 하나. 하하. 던지기는 잘 던졌죠. 지금 생각하면 겁없이 살았구나 하는 생각이 들어요."

박상규는 동기 여학생에게 잘 보이려고 리포트를 대신 써 주기도 했다. 컴퓨터가 막 도입되던 시절이었다. 처음에는 손으로 써 주었는데 교수가 앞으로는 리포트를 다 워드로 쓰라고 했다. 앞으로 컴퓨터 시대가 온다는 것이었다.

"처음으로 한글을 쳤어요. 탁탁! '문서를 친다'라는 걸 처음 알게 돼 재미있었어요. 하룻밤에 리포트 다섯 명 걸 써 준 적도 있어요. 하하하! 제가 그런 능력이 있는 줄 몰랐죠. 썰 푸는 것도 어떻게 잘했어요. 그때는 글을 잘 쓴다는 생각은 들지 않았고, 글을 쓰겠다는 생각, 글 쓰는 사람이 되겠다는 생각도 없었고….”

박상규는 2학기 등록금을 못 내고 제적당한 뒤 그다음 학기에 스스로 벌어서 재입학한다. 알바 일은 널렸다. 온통 둘레에 아파트를 짓는 공사 현장이었다. 주로 수원 화서동 아파트와 인덕원에 아파트 짓는 노동을 했다.

박상규는 언제부터 글을 잘 쓰게 됐을까?

“글 잘 쓴다고 처음 들어본 게 언제였냐면, 그 운동권 세미나 할 때 발제문 만들어 오라고 해서 갔는데 모 대학교 친구들이 나 보고 잘 썼다고, 처음으로 그 소리를 들었어요.”

이게 아버지 냄샌데

1996년 9월 7일 아버지가 돌아가셨다는 연락을 받았다. 평소에 심근경색이 있는 걸 몰랐다. 아버지는 자신이 만든 오작교에서 심장마비로 돌아가셨다.

“아버지가 사촌 형제 중 막내였죠. 사촌 누나하고 엄마하고 나이 차이가 얼마 안 나요. 누나는 나이가 꽤 있어서. 그 누나가 슬프게 울어요. 왜 우리 아버지가 돌아가셨는데 슬프게 울까 그랬는데 그 누나가 ‘너는 지금 울지 마라. 살다 보면 아버지 생각 날 거다. 그때 울어라' 하더라고요. 어머니도 많이 울더라고요. 생전에 그렇게 사이가 안 좋았던 사람들인데, 인생이란 참 웃긴 거 같아요."

장례식을 치른 뒤 박상규는 아버지의 유품 가운데 오토바이 운전면허증을 남겨 놓고 모두 태웠다. 가끔 박상규는 그 면허증을 꺼내 보면서 아버지를 생각한다.

박상규는 대학교를 졸업하고 다시 노가다 현장을 나간다.

"타워팰리스 짓는 노가다를 1년 정도 했어요. 그걸 할 때 글쓰기에 관심이 생겼죠. 이유는 몰라요. 아버지 얘기를 쓰고 싶었어요. 아버지와 둘이서만 살 때가 많았으니까. 어느 날 술을 먹고 자취방에 누웠는데 베개에 머리를 묻었더니 베개에서 그 퀴퀴한 홀아비 냄새가 나는 거야. 속으로 이게 아버지 냄샌데 하면서 눈물이 나더라고요. 그때부터 아버지 이야기를 쓰고 싶었어요. 그리고 대학 다녔을 때 일들을 막 쓰고 싶더라고요."

박상규는 생각나면 바로 일을 저지르는 스타일이다. 실제로 소설을 쓰고 싶어 대학원에 입학했다고 한다.

"제가 중퇴한 게 창피해서 어디 가서 얘기 잘 안 하는데 명지대 문창과 대학원에 입학했어요. 교수가 작가 박범신이었는데 작가를 한 명씩 맡아서 리포트를 쓰라는 거예요. 난 『봄날』이라는 소설을 쓴 임철우 작가를 조사해서 리포트를 써야 했어요. 임철우가 누군지도 몰랐는데 서점에서 임철우 책을 다 샀지. 읽으니까 재미있더라고. 갑자기 임철우가 좋아진 거예요. 임철우가 한신대

문창과 교수잖아요. 한신대 문창과를 가려고 그다음 주에 명지대 자퇴를 했어요."

박상규는 자퇴한 다음 또 시험을 봐서 한신대 문창과 대학원을 입학했다.

"면접 보는데 물어보더라고요. 왜 명지대 다니다 이리로 왔냐. 임철우 선생한테 배우고 싶어 왔다고 하니까 거기서 하는 얘기가 '어쩌냐, 임철우 올해부터 안식년 들어갔다'고."

그래서 그랬을까. 박상규는 오래 다니지 못했다.

"한신대가 야간이에요. 노가다 하면서 다녔는데 다른 학생들은 다 편해 보이고 나 혼자 고생하는 듯한 느낌 있잖아요. 짜증이 나더라고요. 열패감에 시달리다가 한 학기도 안 다녔어요."

그 뒤로 학업은 접었다. 그리고 노가다보다 좀 편할까 싶어 2002년 삼성전자에 비정규직 노동자로 취업한다. 모니터를 하루에 3천 대 생산했다.

"그때가 육체적으로 가장 힘들었어요. 컨베이어벨트가 돌아가다가 오전 10분 쉬고 오후 두 번 쉬는데, 그때만 화장실 갔다 올수 있어요. 너무 힘들어 돌아 버리겠더라고. 그때 알았죠, 힘들게 일하는 사람들이 술을 왜 먹는지. 일 끝나면 할 수 있는 게 술 마시는 일밖에 없더라고요. 몇 개월 살다 보니까 책 같은 게 그리운 거야. 책과 글쓰기가 그립더라고요. 그래서 점심시간에 밥 빨리 먹고 몰래 탈의실 같은 데 가서 책 읽고 그랬죠."

오마이뉴스

반복 노동이 너무 힘들어 2003년에 그만두고 다시 노가다 일을 한다. 출퇴근이 자유로워 좀 살 것 같았다. 블로그를 만들어 꾸준히 글을 올렸다. 그즈음 어릴 때부터 친하게 지내던 친구 여동생하고 같이 지리산을 가게 됐다.

"산장에서 술 마시는데 걔가 그러는 거야. '오빠, 글을 쓰려면 홈페이지에 쓰지 말고 공공적인 데다 써라, 거기서 깨지든 성장을 하든 할 거 아니냐.' 걔가 알려 준 데가 〈오마이뉴스〉였어요. 그 친구 때문에 〈오마이뉴스〉를 알게 됐고, 거기다 글을 쓰게 됐죠."

박상규는 그곳에 첫 글 지리산 이야기부터 꾸준히 올린다. 그러다 〈오마이뉴스〉 동호회 오프라인 모임이 있다는 걸 알고 신청했는데 떨어졌다.

"나한테 인생의 큰 사건이었어요. 이게 정식 기자 뽑는 것도 아니고 월급 주는 것도 아니고, 동호회인데 떨어진 거야. 내가 살다 살다 별 군데에서 다 떨어지는구나. 이 사람들은 무슨 글을 썼기에 붙었나 찾아봤더니 다 잘 썼더라고요. 그때부터 그런 글을 모방하게 된 거지. 사는 이야기도 내 감정만 표출하는 게 아니라 적절히 볼륨이 있어야 하고 기승전결이 있어야 하잖아요. 틀을 갖춰서 써야 하는구나 하는 걸 알게 됐죠."

그러고 있을 때 당시 〈오마이뉴스〉 편집부 차장이었던 김미선 씨한테서 연락이 왔다. 당시 사무실이 있던 광화문에 한번 오라는 거였다.

"6개월 동안 〈오마이뉴스〉에서 계약직으로 일해 볼 생각 없냐고 하는데 전 땡큐였죠. 공장 다니고 노가다 하다가 갑자기 광화문에 출근하라니까 출세한 기분도 들고."

2004년 5월이었다. "사무실이 세종문화회관 뒤에 있었거든. 시청에서 내려 거기까지 걸어가는데 5월의 햇살이 날 위해 뿌리는구나 하는 느낌이 들었어요. 출퇴근 시간에 전철을 처음 타 본 거예요. 문이 쫙 열렸을 때 시청역에 저벅저벅 구둣발 소리 들리고, 사람들이 이렇게 살아가는구나. 열심히 살아야겠다는 생각이 들었는데 가자마자 바로 깨졌지."

6개월 계약직이었다. 혼자 사는 아이 가장들을 취재하는 기획 기사였다.

"뭔가 주눅도 많이 들었고 실력 발휘를 못했어요. 6개월 동안 엄청 깨졌어요. 기획도 흐지부지 됐죠. '내가 발로 써도 그거보다 잘 쓰겠다, 머리는 액세서리냐 왜 달고 다니냐, 머리 좀 써라' 하는 소리 들으면서 혹독한 훈련…. 그땐 죽고 싶었어요. 6개월 빨리 지나가기만 바랐어요."

계약 기간이 끝나는 11월 즈음 〈오마이뉴스〉 기자를 뽑는 채용 공고가 떴다. 박상규는 입사원서 쓸 생각도 없었다.

"난 기자 적성이 아닌 거 같아 안 쓰고 있는데, 맨날 구박하던 선배가 입사원서 접수 마지막 날 날 부르더라고요. 내가 그동안 널 구박해서 삐쳤냐고. 지금 외출증 써 줄 테니까 피시방 가서 쓰든 카페 가서 쓰든 빨리 가서 자기소개서 대충 만들어서 내라. 그래서 썼죠."

그런데 영어 면접이 있었다.

"영어를 외워서 갔죠. 이럴 때 이렇게 말해야지, 영어 하는 교사한테 배워서 몇 개 외워 갔죠. 도저히 무슨 말인지 들리지 않으니까 "아이 돈 노. 쏘리 아이 돈 노. 쏘리"만 연발했죠. 오연호가 한국말로 하나만 물어볼게, 이거 대답해 보라고. 그때 물어본 게, 여태까지 가 본 도시 중에 어디가 가장 좋았냐고 물어보더라고. 유치원 애들 가르치듯이 천천히 물어보더라고. 그래서 알아들었죠. '지리산, 구례.' 그랬는데 오연호가 '와이?' 그러더라고요. 놀라서 '아, 이유가 없고 뭐 어쨌든.' 그걸 영어로 해 보래. 그래서 짜증 나서 아는 단어로 설명했죠. 내가 '산을 좋아하고, 아이 라이크 클라이밍 마운틴, 구례는 베리 스몰 시티고 되게 클린한 동네고 플로워하고 되게 뷰티풀한 동네다' 막 아는 단어 총동원해서 얘기했죠. 그러냐고 됐다고 나가라고 그러더라고. 되게 참담했어요. 쪽팔리고. 나이가 서른인데 영어 하나 못하고. 뭐하고 살았나 싶어 기분이 안 좋았는데 붙었어요. 나중에 오연호가 얘기하더라고. 내가 구례가 좋은 이유를 설명할 때 책상을 주먹으로 내리쳤다는 거예요. 오연호 사장이 그러더라고요. 책상 내리쳐서 뽑았다고."

그렇게 박상규는 〈오마이뉴스〉 기자가 됐다. 그런데 입사 1년 만에 2005년 인터넷 기자상과 언론 인권상을 받는다. 상을 받은 그 기사는 군에서 제대하자마자 위암 말기 판정을 받고 사망한 노충국 씨 사건이었다.

처음에는 노충국 씨 아버지가 취재를 반대해서 하지 못했다. 아들은 그냥 위궤양인 줄 알고 있는데 아들이 알면 충격받는다는 것이었다. 취재는 못했지만 박상규는 계속 관계를 유지하고 있었다. 얼마 뒤 노충국 씨가 얼마 못 산다는 판정을 받았다며 아버지에게서 연락이 왔다.

"그래서 인터뷰를 했는데 엄청 파장이 컸어요. 이 친구는 실제로 군에서 암에 걸린 거예요. 나중에 이 친구 주장이 다 입증됐거든요. 군 의료관이 군 일기를 조작했고, 국방부 장관이 사과하고 군 의료를 개혁하는 계기가 됐어요."

같은 기사도 박상규 기자가 쓴 글은 달랐다. 박상규는 어떻게 하면 독자들이 흥미를 갖고 읽을지 늘 고민했다고 한다.

"기자 교육을 안 받은 게 역설적으로 도움이 됐죠. 좀 더 자유로운 글쓰기를 하게 되지 않았나. 내 글쓰기에 사건을 맞추는게 아니라 사건에 맞춰 내 글쓰기가 달라져야 한다고 생각하거든요."

박상규는 머리털이 없고 오른쪽 뺨에 불에 덴 흉터가 있어 오해를 많이 받았다. 취재 현장에서 프락치로 오인받은 일도 많고 외모 때문에 일어난 에피소드가 참 많다. 입사 초기 정치부에서 수습 교육을 받을 때도 그랬다. 당시 국회 법제사법위원회에서 활동하던 주성영 한나라당 의원은 박상규 목에 걸린 기자증을 보더니 박상규를 위아래로 훑어봤다. "박상규… 〈오마이뉴스〉 정치부장이야?" 하고 묻더란다. 박상규가 이제 들어온 수습 기자라고 했더니 주 의원은 "수습은 무슨 수습이야, 나랑 동갑처럼 보이는데? 머리도 좀 벗겨지고…. 기자가 왜 나이를 감추고 그래?" 하더란다. 참고로 주 의원은 1959년생, 박상규는 1976년생이다.

2005년 〈오마이뉴스〉가 북한 평양에서 마라톤 대회를 개최했을 때 박상규는 취재 기자로 평양에 갔다. 기자들은 북한에서 내준 버스로 이동했는데 버스마다 북한 정보기관 요원이 탑승했다. 하루는 함께 간 남한 사람들과 우르르 이동하고 있는데, 뒤에서 누군가 박상규를 잡아끌었다.

"동무 이리 오라요! 남한 동무들 이동하는데, 왜 자꾸 여길 끼고 그라요! 빨리 저리 비키라요!"

박상규는 〈오마이뉴스〉 노조위원장으로 일하기도 했다. 임금 협상이 가장 어려웠다. 기업에 우호적인 기사를 싣지 않는 진보 매체는 돈이 없는 게 당연했다. 그래서 진보 매체의 기자는 대체 얼마를 받아야 하는지 가장 큰 고민이었다.

세상은 나를 굶기지 않을 것이다

2014년 12월, 10년 동안 기자로 일하던 박상규가 어느 날 사표를 썼다. 월급이 많지 않아도 정규직에다 기자라는 든든한 직업을 왜 내던지게 됐을까. 대체 무슨 배짱이었을까.

"용기가 필요한 일이죠. 저도 두렵고 떨리고 잠도 못 자고 무서웠단 말입니다. 그래도 내 월급쟁이 생활에 만족하는 것도 내가 살고자 하는 것과 거리가 있겠다 싶은 거예요. 좀 더 그럴듯하게 말하면 무모함과 자신감이 약간 섞여 있는 건데, 내가 월급을 안 받더라도 기사를 잘 쓰고 좋은 보도를 하면 세상은 나를 굶기지 않을 것이다 하는 생각이 있었거든요. 블로그에 쓰든 어디에 쓰든 간에 내가 좋은 기사를 쓰면 후원금이나 원고료를 주겠지, 그런 생각이 들었어요. 굶어 죽겠냐 하고 나왔죠."

사람이 사는 길은 정해져 있지 않았는지 그 무렵 박준영 변호사가 찾아왔다. 박 변호사는 '고졸' 출신 변호사다. 그에게 사건을 맡기는 사람은 없었다. 박준영 변호사는 먹고살기 위해 한 건당 20~30만 원을 받고 국선 사건을 수없이 맡았다. 변호사조차 선임할 수 없는 가난한 사람들이 그의 주요 고객이었다. 그러나 그는 그런 사건을 허투루 다루지 않았다. 국선 변호인으로서 수원 노숙 소녀 상해 치사 사건의 지적장애인, 노숙인, 가출청소년을 포함한 피고인 일곱 명의 무죄를 이끌어 냈다. 2015년 제3회 변호사공익대상을 받기도 했지만 그 전년인 2014년 겨울 무렵부터 무일푼이 돼 가고 있었다. 세상에서 가장 낮은 곳에 사는 이들에게 수임료를 기대할 수 없었다. 급여를 줄 수 없어 직원들도 내보내고 사무실도 내놓은 상태였다. 억울하게 옥살이를 하고 있는 사람들의 재심 사건은 더디게 진행됐고 수임료가 들어올 데는 없었다. 다만 이런 재심 사건의 문제를 이슈화할 필요가 있었다. 발로 뛰고 필력 있는 기자가 나타나 주길 바랐다.

어느 날 페이스북에서 박상규가 박준영 변호사에게 친구 신청을 했다. 박상규는 그런 변호사인 줄 꿈에도 몰랐다고 한다.

"그냥 '알 수도 있는 사람'이라고 떠서 눌렀죠."

그런데 그 변호사가 바로 수락하더니 '이산가족이라도 만난 것처럼 반기면서 친한 척'을 했다. 뭔가 좀 이상했다. 그리고 며칠 뒤 박상규가 진행하는 강연에 찾아온 것이다.

"내 글을 보고 반해서. 하하하. 자기가 재심 사건 좋은 거 갖고 있으니까 혹시 같이 해 보지 않겠냐고 하는 거예요. 내가 2014년 12월 31일까지 일을 하기로 했는데 그달에 찾아왔어요. '미안한데 내가 이젠 회사를 그만둔다, 도와줄 수가 없다' 하니까 더 좋아하는 거예요. 오히려 잘됐다고. 왜냐면 이건 회사 다니면서 못한다고 이것만 해야 된다고 하는 거예요. 뭐 이런 사람이 다 있나 그랬는데."

박준영 변호사는 그때 무기수 김신혜 사건에 매달리고 있었다. 만날 때마다 김신혜 이야기를 했다.

"근데, 김신혜 말이에요. 아버지를 죽였다는 혐의로 무기수가 됐는데요. 많이 억울한 사람이에요."

김신혜는 2000년 3월 7일 전남 완도군에서 아버지를 살해하고 사체를 유기한 혐의로 18년째 복역하는 무기수였다. 하지만 물증이 없었다. 유일한 증거였던 자백도 번복했고 지금까지도 죽이지 않았다고 항변한다. 수사관들이 수사 과정에서 위법과 조작을 한 사실도 있었다. 박준영 변호사는 재심해야 한다고 줄기차게 주장했다.

박상규는 박준영 변호사를 한번 더 만나 보기로 했다. 처음으로 그의 사무실에 가기로 한 날이었다. "박 기자님, 뭐 드실래요? '육 · 해 · 공' 중에서 뭐 좋아하세요." 하는 문자가 왔다. 박상규는 해산물을 먹자는 뜻으로 "'해'요." 하고 대답했다. 그때까지도 그가 파산 변호사인 줄 몰랐다. 나름 좋은 식당에서 꽤 맛있는 생선회를 살 것이라 기대하고 갔는데 사무실 한편에 있는 휴대용 가스레인지 위의 프라이팬에 등 푸른 고등어 두 마리가 누워 있었다. 2차 역시 그 사무실에서 오징어를 구웠다. 박상규는 '짧지 않은 음주 인생에서 막걸리와 마른 오징어 조합은 그날이 처음'이었다고 회상한다.

"어쨌든 변호사잖아요. 처음에 얘기할 때 나 지금 완전히 파산이라고 해서 농담인 줄 알았어요. 대한민국 변호사가 망해도 변호사인데. 진짜로 아, 씨발 똥 밟았다. 하하하. 그래도 박준영 변호사가 많은 도움이 됐죠. 사건을 바라보는 눈이라든가 철학 사건을 대하는 기본적인 인간의 태도 그리고 한 사건을 끝까지 마무리하는 집요함, 그런 것들을 배웠어요."

그날 박상규는 박준영 변호사에게 왜 김신혜를 도와야 하느냐고 물었다.

"아버지를 안 죽였으니까! 안 죽였는데, 그 고생을 하고 있잖아요! 그런 사람 (교도소에서) 꺼내야 하는 거 아니에요?"

술에 취했지만 박상규는 그 뒤에 이어진 박 변호사 말을 또렷이 기억했다.

"변호사나 기자나, 그냥 보면 안 보이는 걸 세상 사람들이 볼 수 있게 해 줘야 해요. 당신이나 나나, 그런 거 해야 해요."

'안 보이는 걸 보여 줘야 한다.' 박상규는 김신혜 사건을 보도하기로 마음먹었다. 하지만 돈이 없었다. 두 사람의 스토리펀딩 기획 '그녀는 정말 아버지를 죽였나'는 그렇게 시작됐다.

2015년 3월 30일까지 71일 동안 진행한 이 스토리펀딩에서 2100만 원을 펀딩받았다. 결론부터 말하자면 이 사건은 2017년 2월 재심 결정이 나서 대법원으로 넘겨졌다. 무기수가 재심을 받는 것은 처음이었다. 섣부른 판단은 금물이지만 김신혜는 무죄로 풀려날 가능성이 많다. 그렇다면 감옥에 있었던 지난 20년은 누가 보상하는가.

박상규와 박준영 변호사는 스토리펀딩해서 들어온 돈으로 집요하게 사건을 취재하고 조사했다. 결국 김신혜 사건은 대법원에서 다시 재판을 하라는 재심 판결을 이끌어 냈고, 익산, 삼례 두 사건에서 각각 16년, 18년 동안 누명을 쓰고 있던 피의자의 무죄 판결을 받아 냈다. 박상규 기자는 박준영 변호사와 사건 당사자들의 이런 인생 이야기를 세상 밖으로 끌어내 이 사회에 엄청난 파장을 일으켰다.

박상규 기자는 한 발 더 나아가 '하나도 거룩하지 않은 파산 변호사'라는 제목으로 '박준영 시민 변호사 만들기' 프로젝트를 기획했다. 이 프로젝트는 약 5억 7천만 원을 모아 스토리펀딩 사상 최고 금액을 기록했다. 약자를 진심으로 보듬어 주는 박준영 변호사라는 인물 때문이기도 하지만 박상규 기자의 기막힌 글솜씨로 꾸민 '스토리'가 없었다면 이루어질 수 없는 일이었다.

셜록

박상규 기자는 한발 더 나아가 진실탐사그룹 '셜록'이라는 회사를 만들었다. 그것도 우연이었다. 익산 택시 기사 살인 사건 취재를 한 뒤 영국에 갔을 때였다. 박상규는 한국에서 취재한 내용을 기사로 써서 스토리펀딩에 연재를 했다. 그리고 페이스북에 런던에서 찍은 사진과 글을 올렸다. 그런데 2015년부터 런던에 연수를 와 있는 박성철 변호사가 그걸 보고 연락을 했다.

"법무법인 지평에 있는 변호사인데 익산 택시 기사 살인 사건 보도를 보고는 페이스북을 보니까, 런던 사진이 있잖아요. '너 런던에 있니' 그러더라고요. 그래서 맞다니까 '나 박성철 변호사라고 하는데 만나서 맥주나 한잔하자' 그러더라고요. 만났죠. 그때 그 사람이 탐사 보도를 하는 전문 매체를 따로 만들면 어떻겠냐 제안을 했고 괜찮을 거 같아서 만들었죠." 2017년 2월부터 셜록을 만드는 스토리펀딩을 추진했다.

"10억 모았는데 후원자 수 1등, 모금액 1등이었어요. 태어나서 처음 1등한 거였죠. 왜 됐냐면, 그 당시 아주 운이 좋게 익산 택시 기사 살인 사건도 그렇고 삼례 나라슈퍼 살인 사건도 그렇고, 재심 신청해서 그즈음에 피해자가 다 무죄가 나왔어요. 더불어서 사람들이 반응했던 것은, 전 백수 기자였고 박준영은 파산 변호사였고, 그 돈 없고 힘없는 사람들이 누명 쓴 억울한 사람을 위해서 계속 노력하는 모습들이 대중들한테 공감을 불러일으켰던 거죠. 물론 10억이 다 우리 건 아니었고, 그 삼례 3인조 피해자와 똑같이 나눴어요. 제 몫으로 떨어진 건 1억 5천 정도." 박상규는 그 돈으로 회사를 만들었지만 금방 망했다.

"2017년 1월에 셜록을 만들고 9개월 만에 돈 다 날렸어요. 사업하다 보면 돈 많이 쓰잖아요. 인건비에 노트북 사 주고 뭐. 토털 네 명까지 썼어요. 인턴도 두 명이나 있었고. 사무실은 없었지만 세금 폭탄도 맞고 통장도 정지됐었어요. 완전히 쪽박 찼죠."

2018년 9월부터는 여기저기 돈을 빌리러 다녔다. 이런 경험을 언제 해 보겠냐는 긍정적인 마음으로 버텼지만 빚만 쌓여 갔다.

"요즘에야 얘기하는 건데, 제가 삼례 살인범한테까지 돈을 빌렸어요. 하하하."

박상규와 박준영 변호사는 진범을 만난 적이 있었다. 그때 그 사람은 반성하고 진실을 말했다. '지금이라도 감옥 가라면 가겠다', '그때 자백을 했는데 검사가 풀어 줬다', '나도 힘들었고 괴로웠다'고 고백했다.

"그 당시 공장 다닌다기에 위로 차원에서 '한 달에 얼마 버십니까' 물어봤죠. 그런데 한 달에 4, 5백을 번다는 거예요. 조선소 다녔거든요. '우리보다 낫네요.' 그랬더니 그 사람 뭐랬는지 알아요? 한 달에 이 정도 안 벌면 어떻게 먹고사냐고 그러는 거예요. 후하하."

그게 생각나서 그 살인범한테 전화를 했는데 돈이 없다고 했다.

"전화를 끊었는데 통장에 150만 원이 입금되더라고. 이게 뭐냐고 그랬더니, 자기가 대출받을 수 있는 최대 한도라는 거예요. 당신 뭐하러 그렇게까지 하냐고 그랬더니 하는 말이 '니가 오죽하면 나한테까지…' 근데 꼭 갚아 줬으면 좋겠다고. 하하하."

회사는 망했지만 셜록은 잘 돌아가고 있었다. 그런 와중에 불법 촬영물을 유통하는 웹하드 업체를 운영하며 직원들에게 엽기적인 폭력 행위를 자행하는 사람을 제보한 이가 있었다. 이 내부 제보자는 무려 5년 동안 준비했다. 준비도 철저했지만 이걸 터뜨릴 만한 매체와 기자를 찾는 데도 무척 공을 들였다. 양진호가 워낙 정보력이 있고 아는 기자들이 많았기 때문에 일반 매체에 제보했다가는 터뜨리기도 전에 정보가 새 나갈 염려가 있었기 때문이다. 제보자는 박상규가 적임자라고 생각했다. 그 정도 배짱과 뚝심이 있어야 한다는 생각이었다.

"이 제보자는 물불 안 가리고 또라이처럼 이 기사를 터뜨릴 수 있는 사람을 자기 나름대로 찾아본 거죠. 맞은 사람이 섬에 도망가 있었어요. 양진호가 무서운 사람이니까."

박상규는 양진호에게 폭행을 당해 섬으로 도망가 있는 피해자와 또 다른 폭행 피해자까지 집요하게 찾아내 만나서 증언을 듣고 취재를 했다. 결과는 언론에 나오는 대로다. 회사 사무실에서 사원을 폭행하는 장면과 연수원에서 활로 닭을 잡는 장면 등은 소름이 끼칠 정도다. 양진호는 곧바로 구속돼 조사를 받고 있다.

"그 덕분에 셜록 후원자가 늘었어요. 천 명 정도. 많은 사람이 언론의 위기를 이야기하는데 그래도 좋은 기사를 쓰면 살아날 길이 열리고 독자들이 알아봐 주는구나 하고 생각했죠."

뒷이야기

인터뷰를 한 번 하고 며칠 뒤 저녁과 술 한잔하기로 약속했다. 연락이 되지 않는다. 다음 날 전화가 왔는데 양진호 사건으로 참고인 조사를 받으러 경찰에 갔다 왔다고 했다. 경찰에 가면서 전화기를 다른 데 두고 가서 전화가 되지 않았다는 변명(?)이었다. 다시 저녁 약속을 했는데 오지 않고 연락도 되지 않는다. 이 글을 쓰면서 박상규가 쓴 책『이게 다 엄마 때문이다』(들녘, 2012)를 봤다. 279쪽에 이런 구절이 있었다.

"나를 찾았던 사람들에게는 미안하다. 하지만 어쩔 수 없는 일이다. 나는 은둔을 좋아한다. 이미 오래전부터 알고 있었지만 곰배령에서 일하며 더욱 진하게 깨달았다."

그래서 박상규는 가끔 곰배령을 가고, 지리산에 연세 200만 원짜리 방을 구해 놓고 가끔 내려가는 걸까.

함께했던 박준영 변호사도 당해 봤는지 어느 인터뷰에서 이렇게 말했다.

"한창 기사를 써야 되는데, 박상규 기자가 제주도에 귤 따러 가버렸어요. 봄에는 고사리 뜯으러 가버리질 않나.(웃음) 기사를 하나라도 더 써야 할 땐데. 처음에는 정말 이상하고, 또라이라고 봤거든요. 그런데 거기서 제가 뭘 느꼈냐면, 정신적 노동을 하는 사람이 육체적인 노동으로 땀을 흘리면서 한 계단 더 올라갈 수 있는 힘을 얻는다는 걸 느꼈어요."

박상규에게 연락이 안 돼, 박상규가 쓴 책만 보고 있다.『이게 다 엄마 때문이다』하고 두 권이 더 있다.『똥만이』(웃는돌고래, 2014),『지연된 정의』(박상규 · 박준영 공저, 후마니타스, 2016). 세 권 다 재미있다.『지연된 정의』는 코미디 같은 다큐이면서 경악과 분노를 일으키는 스릴러다. 그렇게 멀쩡한 사람들을 살인범으로 만들어 놓은 경찰과 검사들이 승승장구해서 지금 문재인 정부에서 여전히 복무하고 있단다. 그자들이 단죄당할 때라야 이 사회

의 적폐 청산이 완성되는 게 아닐까 생각해 본다. 그나저나 박상
규 기자 대체 어디 있는 거야? 전화 좀 받아라. 쫌! (2019)

최인기 민주노점상전국연합
수석부위원장, 노점상 생존기

—

계란으로 바위를 쳐라

계란으로 바위를 쳐라

2016년 10월 2일 동작구청이 용역깡패를 동원해서 이수역 앞에 있던 포장마차 6대를 포클레인으로 들어 차도 방향으로 쓸어 내팽개쳤다. 그곳에서 장사를 하면서 생계를 이어 가던 노점 상인들은 절규했다. 그날 도로에는 노점상 물품들이 쌓여 있어 몇 시간 동안 차들이 다니지 못했다. 하지만 당하고만 있지 않았다. 노점상인들은 경찰과 하루 종일 대치했다. 결국 구청과 면담해서 자리를 이전해 주고 보도블록 교체 작업하는 데 협조해 주는 것으로 일단 동의를 받았다. 노점상인들은 현재 그 자리에 기다란 포장마차를 다시 세워 투쟁기금을 마련하는 공동 장사를 하고 있다.

정권의 노점상 폭력 철거에 맞서 20여 년을 싸우면서 산 이가 있다. 키는 작지만 옹골차 보이는 사람. 최인기라는 사람이다. 그이는 민주노점상전국연합 수석부위원장이라는 직함을 갖고 있다.

"동작구청 앞에서 노점상을 하는 분들은 평균 70대다. 거의 15년 정도 장사를 해서 생계를 이어 가는 분들이다. 지금 건강 상태가 안 좋은 분들도 많다. 장애가 있는 분도 계시다. 이분들의 생계도 문제지만 이곳 떡볶이는 명물이다. 단골도 많고 관광객들도 많이 찾는 곳이다. 이런 명물을 왜 없애려 하는지 이해가 가지 않는다."

구청이 이곳을 없애는 이유는 한 가지다. 도로에 화단을 설치하겠다는 것. 하지만 한 끼 밥 대신에 적은 돈으로 배고픔을 면할 수 있는 떡볶이를 찾는 이들이 그런 화단이 무슨 필요가 있을까.

청계천 키드 최인기

최인기는 1966년생 전주 출신이다. 서학동에서 3형제 중 막내로 태어났다. 완산 7봉 끝자락이었다. 집에서 얼마 안 떨어진 곳에 전주의 유명한 팔각정이 있다. 그곳은 동학혁명 때 마지막으로 횃불을 올렸던 곳이다.

"집 뒤에 대나무 숲이 있었다. 마루에서 자고 있으면 양철 지붕에 빗물이 떨어지는 소리와 바람에 흔들리는 대나무 소리의 청아한 느낌이 지금도 생생하다. 맑은 전주천변에서 가족들과 물장난하던 기억이 아직도 생생히 남아 있다."

최인기의 아버지는 서울에서 작은할아버지와 간장, 된장, 고추장, 청국장을 담가 가락동에서 제품을 만들어서 파는 사업을 했지만 장사가 안 돼 망했다. 최인기가 초등학교 1학년 무렵 식구들 모두 서울로 올라왔다. 처음 정착한 곳은 성북구 석관동이다. 가끔 어머니는 최인기를 시장에 데리고 갔다. 어머니는 늘 구걸하시는 어떤 분에게 50원을 건네줬다.

부모님은 알뜰살뜰 돈을 모아 최인기가 6학년 때 삼일아파트로 이사했다. 최인기는 삼일아파트만 생각하면 가슴이 아프다. 큰형님이 근처에서 사고로 돌아가셨기 때문이다. 그때 최인기는 중학교 2학년이었다.

최인기는 용문고를 다녔다. 용문고는 고려대 뒤편에 있었다. 날마다 고려대 학생들 시위를 볼 수 있었다. 최인기는 학교 주변에 붙어 있던 대자보를 주의 깊게 읽었다. 대학생들이 쇠파이프로 담장을 무너뜨리고 경찰들과 공방전을 벌일 때 친구들과 뒷골목에서 돌도 날라 주기도 했다. 최인기는 어머니가 구걸하시는 분에게 돈을 주는 모습을 보고, 또 고려대 학생들이 데모하는 모습을 보면서 이 사회에 대해 의문을 가지기 시작했다. 이렇게 정체성이 형성되었다.

"모두가 가난한 이들이지만 똑같은 환경에 놓여 있어도 무얼 판단하고 무얼 보느냐, 어떻게 받아들이고 인식하는가에 따라 달라진다고 생각한다. 세월호만 보더라도 함께 슬퍼하고 애도하

는 사람이 있고 그걸 비난하고 이제 그만 멈추라고 하는 이들도
있다."

최인기는 고등학교를 졸업한 뒤 친척이 보석 세공일을 권유해
청계천에 있는 예지상가에서 세공일을 배우기 시작했다. 최인기
는 보석 광내는 일을 하고 심부름을 했다. 월급은 10만 원이 채
안 됐다.

"한마디로 영화 〈아름다운 청년 전태일〉의 장면 그대로다. 서
너 평 되는 마찌꼬바라고 불리는 영세 사업장에서 일했다. 금을
도가니 같은 데 녹여 거기에 은과 구리를 섞는다. 14k는 58.5퍼
센트가 금이고, 18k는 75퍼센트가 금이다. 금을 골에 부어 망치
로 두들기고 도르래로 납작하게 만들어 늘린다. 야스리로 깎고,
톱으로 자르고, 땜을 해서 반지를 만들었다. 밤에는 기술을 배우
려고 은을 사서 연습했다."

같이 일하던 공장에 장애인이 있었다. 반지 압착 롤러를 솔로
청소하고 있는데 관리자가 스위치를 끼워 롤러가 돌아가 손이
빨려 들어가는 사고가 났다.

"그 친구는 산재 처리도 못 받았을 거다. 부당하게 대우받는다
는 느낌이 수시로 들었다. 마찌꼬바 사장들은 임금 체불도 밥 먹
듯이 했다."

때는 1987년 무렵, 일을 마치고 종로 거리를 나서면 최루탄과
짱돌이 날아다녔다. 집이 있던 부천 중동역 근처에는 신한일전
기, 태광엘리베이터 노동자들이 부천공단을 뒤엎을 정도로 시위

가 벌어졌다. 그런 광경을 보면서 최인기는 어렴풋이 사회에 대해 관심을 갖기 시작했다. 부천에는 사회과학 서점이 있었다. 후에 '여성의집'에서 상근을 하게 되는 여성 노동자가 책을 선별해 주기도 했다. 몇몇이 부천에 모여 세미나도 했다. 『전태일 평전』과 『어느 돌맹이의 외침』도 그때 읽었다.

최인기는 사장들하고 늘 부딪쳤다. 사장이 어린 후배들을 막 대하고 폭력을 쓸 때 항의도 했다. 임금체불하는 사장들도 많아 3개월치 월급을 못 받고 다른 데 옮기는 사례도 많았다.

어느 날 골목길에 붙어 있는 포스터가 눈에 띄었다. '정치학교?' 사회민주주의청년연맹(사민청)이라는 단체에서 정치학교를 연다는 포스터였다. 일을 끝내고 사무실을 찾아갔다.

"따뜻하게 받아 주더라. 노동자라고 하니까 격려해 주었다. 일주일에 한 번 교육을 받고 학우모임도 하고 세미나를 했다. 변증법, 사적 유물론은 유초하 교수가, 정치경제학은 오세철 교수가, 역사는 박준성 선생이 강의하셨다."

그 정치학교에서 '아긋동(악바리의 전라도 사투리)'하게 활동하던 최인기는 사민청에서 노동위원장 직책을 맡게 됐다. 본격적으로 노동운동에 뛰어들었다. 1992년 대선 때 백기완 구로지역 선거대책본부 활동도 했다. 구로지역 사민청 지부 건설 임무를 띠고 부천 2공단 범한전기를 들어갔다.

"거기 노동자들은 몇십 년 동안 그곳에서 홀더를 따고, 빠우 친다.(광 내는 일을 한다.) 하루 종일 밥 먹고 같은 일을 몇 년씩 하는데 대부분의 노동자들은 지문이 지워져 없다. 작업장은 참으로 우울하고, 참혹했다."

범한전기는 산재가 심한 공장이었다. 프레스를 담당하던 노동자들은 대다수 손가락이 잘려 나갔다. 최인기가 범한전기에 입사하던 해에 노동자들은 파업을 하고 있었다. 당시엔 비정규직이 많지 않았을 때라 수습기간 3개월만 끝나면 정규직이 될 수 있었다. 수습기간이 끝나면 파업에 참가할 작정이었다. 최인기는 그 공장에서 1년 반 동안 버텼지만 회사는 정식 직원을 시켜 주지 않았다.

최인기는 1994년에 볼펜을 만드는 마이크로세라믹으로 공장을 옮겼다. 그 공장은 자동화 시스템이 잘 돼 있었다. 커다란 원형 구멍에 볼펜 수십 개를 꽂으면 그 원판이 "착 착!" 돌아가면서 4절지 종이에 줄을 그린다. 볼펜이 지나가다가 선이 끊기면 불량이다.

"신기하게 꾸벅꾸벅 졸다가도 그걸 찾아낸다. 오랜 숙련의 결과였다. 요즘 텔레비전 보면 생활 속 달인이 나오는데 그분들이 바로 달인이다. 가끔 빈민운동이 힘들어도 당시 공장에서 잔업, 철야 야근, 저임금, 노동 강도를 생각해 보면 지금 노점상 활동은 정말 아무것도 아닌 거 같다."

그 무렵 평생 반려자를 만났다. 임영순. 충남대 섬유공학과를 졸업하고 대전에서 학생운동을 하다가 서울로 올라와 언니가 운영하는 출판사에서 일했다. 임영순은 사민청에서 총무국장으로 활동했다.

"92년 백선본 활동이 끝나고 상근 정리하면서 마음이 통했던 것 같다. 노동자 출신으로 내가 당당하고 멋져 보였지 않았나 생각한다. 하하하. 지금은 어떤지 모르겠다."

아내는 '의문사진상규명위원회' 위원을 지냈고 작년까지 '민주화운동계승연대 인권국장'으로 활동했다.

1994년에는 정국이 요동을 치던 해였다. 북한의 김일성이 사망했던 해이다. 노태우가 물러나고 김영삼 정권이 들어섰지만 세상은 별반 다르지 않았다. 극우보수주의자 서강대 박홍 총장은 한국에는 몇만 명의 주사파가 있다고 언론에서 떠들어 댔다. "남쪽에는 북한의 사로청과 비슷한 청년조직이 있다"고 기자회견이 있던 날, 기다렸다는 듯 사민청 회원들에 대한 일제 검거령이 내려졌다.

당시 최인기는 결혼할 애인과 함께 부모님 집에서 오붓한 시간을 보내고 있었다. 늦은 시간이었다. 초인종 소리가 다급하게 울렸다. "띵똥 띵똥 띵똥!"

"왠지 기분이 싸했다. 문을 열었는데 안기부 직원들이 대여섯 명이 확 덮쳤다. 난 그 당시 구로지역 현장 동향을 분석한 자료를 갖고 있었다. 얼른 플로피 디스켓을 구겨 버렸다. 안기부 직원들이 '야, 이 새끼 뭐해? 뺏어!' 하고 소리쳤지만 난 그걸 빼앗기지 않으려고 하면서 꾸깃꾸깃 접어서 구겨 버렸다. 그걸 빼앗기면 다른 활동가들한테 큰 피해를 줄 것 같았다."

안기부 직원들은 최인기 손목에 수갑을 채우고 점퍼로 덮어씌워 1층으로 끌고 내려갔다. 수갑을 얼마나 조였는지 손목에 감각이 없었다. 택시 안에서 점퍼를 들어 밖을 살짝 보니 남산 쪽으로 올라가는 듯했다. 가슴이 방망이질 쳤다.

차를 세우더니 점퍼를 벗겼다. 복도를 지나 어떤 방으로 들어갔다. 방에는 책상 한 개와 침대밖에 없었다. 위로는 조그만 창문이 하나 있었다. 벽에는 핏자국이 있었다. 최인기는 그때 처음으로 노트북을 봤다. 당시엔 노트북이 많지 않을 때였다. 수사관은 셋이었다. 한 사람은 질문하고 윽박지르고, 한 사람은 어르고, 한 사람은 묵묵히 노트북 키보드를 쳤다.

"조사받고 끝나면 그자가 자기 손목시계를 보여 주면서 '야, 너지금 열 시야. 봤지? 잘 시간이야' 하고는 침대에 같이 눕는다. 나는 워낙 피곤하니까 금방 잠이 든다. 그런데 잠깐 잔 듯한데 다시 깨운다. 시계를 보여 주면서 '야, 너 왜 이렇게 잠을 많이 자.' 난 시계가 없으니 30분을 잤는지 10시간을 잤는지 알 수가 없었다. 아마 잠을 안 재운 것 같다. 그렇게 일주일 조사 받자 정신이 몽롱해지고 어지러웠다. 박종철 사건 이후로 고문이나 강압 수사를 못하니까 지능적으로 바뀐 것 같다."

정부는 사민청과 관계된 이들을 북한과 연계된 청년 조직으로 엮으려고 했다. 국가보안법 위반으로 6년 구형을 받았지만 항소심에서 집행유예로 출소했다.

최인기는 감옥에서 나와 사민청 의장으로 활동했다. 그리고

1995년 8월에 임영순과 결혼식을 올렸다.

"아내가 말했다. '당신이 활동해라. 내가 학원강사라도 해서 살림을 꾸려 나가겠다'고 했다. 너무 고마웠다."

최인기는 본격적으로 활동을 하기 시작했다.

그렇게 1년 동안 활동하던 중 사건이 터진다. 1995년 3월 8일, 한 장애인 노점상이 분신 항거로 목숨을 잃는다. 교통사고로 장애 1급을 받은 최정환은 1994년부터 서초구 방배역 부근에서 오토바이에 가판을 달고 테이프 노점상을 시작해 먹고살았으나 서초구청에서 노점상 단속이 심해 생활이 어려웠다. 그해 6월에 서초구청의 살인적인 노점단속으로 한쪽 다리가 골절되는 전치 8주의 부상을 입었다. 서초구청은 치료비는커녕 고소하면 장사를 아예 못 하게 하겠다고 협박했다. 최정환은 서초구청에 장사하는 스피커와 배터리 등을 빼앗겼다. 1995년 3월 8일, 최정환은 서초구청을 방문해 압수된 물품을 찾으려 했지만 담당자로부터 욕설과 비아냥만 듣자 항의하며 온몸에 시너를 끼얹고 분신했다. 결국 3월 21일 최정환은 사경을 헤매다 사망했다. 최인기는 이 투쟁에 함께한 뒤, 노점상연합회 선전국장 일을 맡게 된다.

같은 해 11월 24일 인천에서 장애인 빈민운동가 이덕인이 살해당하는 사건이 또 터졌다. 발견 당시 열사는 얼굴 부위와 어깨 등에 피멍 든 상처가 있고 윗도리와 신발은 벗겨져 있었으며 두 손은 밧줄로 포박된 상태였다. 인천시와 연수구가 아암도에 친수공간을 조성한다며 용역 1,500여 명을 투입해 그곳에서 생계를 꾸려 가던 노점상들을 철거한 뒤였다. 다음 날인 29일, 경찰은 병원 영안실 콘크리트 벽을 부수고 들어와 시신을 탈취해 갔다. 부검 후, 경찰은 열사가 연안부두로 수영하다가 지쳐 익사해 사망했다고 발표했다. 가족들과 장애인, 노점상 등 지역단체들은 의문을 제기하며 다음 해 5월까지 6개월여 동안 장례투쟁을 벌였다.

포르노 잡지까지 압수당해

그 투쟁이 끝난 뒤 1997년 봄이었다. 아침에 출근하려고 준비하고 있는데 누군가 문을 "쿵쿵쿵" 두드렸다.

"잡으러 올 때 조용히 좀 오지 꼭 난폭하게 오더라. 문을 열었더니 형사들이 들이닥쳐 수갑을 채웠다."

이번에는 홍제동 대공분실이었다.

"난 그때 '당당해야 한다'고 생각했다. 복도를 지나가는데 식사를 한 쟁반이 보였다. 그걸 냅다 걷어찼다. 집행유예 기간이라서 어차피 구속될 텐데 하고 마음을 정리하니까 거침이 없었다. 그자들은 내 뒷조사를 다 했더라. 치사한 게 집에 당시 유행하던 포르노 잡지가 한 권 있었는데 그걸 가지고 비꼬더라. 쪽팔리더라. 결혼할 때 치웠어야 하는데 치사한 놈들….'"

형사는 무엇보다 운동권 사이를 이간질해 놓는 수법이 잔인했다. 죄목은 국가보안법위반, 특수공무집행방해 등 여섯 가지였다. 최인기는 1년 넘게 독방생활을 했다. 처음엔 답답했지만 한편으로는 좋은 면도 있었다.

　"바쁘게 돌아다니다 쉰다는 느낌이었다. 공부하기가 좋았다. 그때 글쓰기를 많이 했다. 나중에 글 써 놓은 노트를 모으니까 꽤 되더라. 빈민운동 자료도 찾아보고, 보고 싶은 단행본이 있으면 신청해서 봤다. 필사도 하고. 시도 그때 백 편가량 썼다."

　당시 같이 복역했던 이들은 유명한 사람들이 많았다. 황석영, 류낙진(문근영 외조부), 진관 스님, 당시 야권의 실세로 알려진 권노갑도 있었다. 공안수들만 하는 운동장이 따로 있어 운동 중간중간 만날 수 있었다. 진관 스님은 감옥 갈 때마다 뵌 것 같다. 서울구치소 옥중투쟁을 하면 늘 위원장을 맡았다. 창틀에서 벽을 바라보며 선동하고 옥중 집회를 했다. 어느 날 식수를 주는데 벌겋게 녹슨 물이 나왔다. 도저히 먹을 수가 없었다. 단식투쟁을 시작했다. 노점상 동지들이 구치소 앞에서 집회와 항의를 해 구치소 식수 파이프를 모두 교체했다. 감옥 안에서 얻은 값진 승리였다.

　최인기는 그다음 해인 1998년 특별사면으로 석방된다.

　아무리 감옥에 잡혀 들어가더라도 일상은 계속됐다. 빈민들을 탄압하는 정권의 행태는 변함이 없었다. 1999년도 서울역에서 농민 쌀값 투쟁이 있었다. 농민들이 서울로 올라왔다. 서울역 회현로터리로 넘어올 때 농민들이 차에서 대나무를 쏟아 내렸다.

"대나무를 들고 경찰과 회현동에서 붙었다. 마스크를 썼는데 언제 벗어 버렸는지 모르겠다. 사진을 찍혀 검거령이 떨어졌다. 그때 쫓겨다니면서 찜질방과 쪽방으로 돌았다. 크리스마스 날 백일 잔치를 앞두고 애기가 미치도록 보고 싶었다."

최인기는 사무실에 들러 먹을 걸 챙겨 나왔다. 연말이라 경계가 느슨해졌다 생각하고 전철을 탈까 버스를 탈까 망설이다가 버스 정류장으로 발길을 옮겼다. 크리스마스 전날이라 버스에 사람이 너무 많아서 밀려서 타지 못했다. 버스가 떠나자마자 경찰들이 와서 덮쳤다.

최인기는 남대문서에서 다시 조사받고 서울구치소에 갇혔다.

"그때 공황장애가 왔다. 고통스러웠다. 벽이 죄어 오는 듯했고 숨이 막혔다. 아내가 100일 된 아기를 데리고 왔을 때 아기가 내 어깨에 토했는데 아기의 냄새 때문에 또 너무 보고 싶었다. 고양이 울음소리가 아기 울음소리로 들려 미칠 것 같았다. 인간이 이 정도로 나약한가, 원로 장기수들은 몇십 년을 싸우고 있는데 나는 이게 뭔가, 하는 생각에 괴로웠다. 한번은 독방에 집어넣을 때 교도관에게 사정을 했다. 못 들어가겠다고 울부짖었다. 공황장애로 살아서 못 나오겠다는 생각이 들었다."

하루는 아버지가 면회를 왔다. 아버지가 이제 그만 좀 할 수 없냐고 말했다.

"니가 그런다고 세상이 바뀌니? 계란으로 바위 치는 격 아니냐?"

"아버지, 계란으로 바위를 치는 건 바위가 깨지라고 치는 게 아니에요. 바보 같은 짓인 줄 알지만 사람들이 그걸 보고 궁금해하고 언젠가는 사람들이 모여들어 바위를 걷어 내지 않겠습니까?"

아버지가 돌아간 뒤 최인기는 '계란으로 바위를 쳐라' 하는 시를 썼다. 가수 백자가 그 시로 노래를 만들었고, 노래패 '우리나라'가 노래를 불렀다.

〈계란으로 바위를 쳐라〉

껍데기가 조각 나 박살 나도록
계란으로 바위를 쳐라.
마지막 한 줌의 영혼일지라도
계란으로 바위를 쳐라.

흰자가 주르륵 흐르고
노른자가 바위에 붙어 끈적이도록
그 모양이 마침내 해골이 빠개져
바위에 걸쭉한 묵처럼 붙어질지라도
계란으로 바위를 쳐라―!

아무리 오-랜 세월이 흘러도
계란으로 바위를 쳐라-!
산산히 쪼개여 부수어 버려라!

계란으로 바위를 쳐라-!
거대한 관습과 억압의 굴레를
계란으로 바위를 쳐라-!
기여코 쪼개어 부숴라 당당하게! 그대여-

최인기는 10개월을 복역한 뒤 다시 세상에 나왔다. 그 뒤에도
네 번이나 잡혔다. 무죄를 받거나, 벌금 100만 원에서 500만 원
까지 모두 2,500만 원을 선고받았다. 그런데 2002년 이명박 시
장 때 중구청에서 분신항거로 숨진 청계천 박봉규 공구노점상
때문에 투쟁하다 또 수배령이 떨어졌다.

"이번에도 기약 없는 수배생활이었다. 사무실에서 회의하고 지
방으로 내려가려고 짐 싸들고 나왔는데 경찰이 들이닥쳤다. 서
울 중부경찰서로 경찰차 타고 가는데 수갑이 빠져 청계천까지
뛰었지만 결국 잡혔다."

그런데 이번에는 어쩐 일인지 48시간이 지나고 풀어 줬다. 그
런데 황당한 일이 벌어졌다. 경찰서 정문을 나오자마자 경찰이
다시 잡았다. 박봉규 열사 사건은 훈방조치라면서 1년 전 기소
했던 사건으로 구속해야 한다는 것이었다. 1년 전 어느 날 서울

구치소에서 출소하는 날 구치소 앞에서 환영식을 하다가 구치소 직원들하고 몸싸움이 있었는데 그때 교도관들이 다쳤다는 거였다. 최인기는 기억에도 없었다.

"언젠가 소환장이 날아온 게 언뜻 기억나기는 했다. 그걸 1년 묵혀 뒀다가 박봉규 사건 때 다시 들먹인 것이다."

경찰 조사를 받는데 기록을 보니까 사진에 교도관들이 머리에 상처가 있었다. 그런데 아무리 생각해도 기억이 나지 않았다.

단체 선전국장이었던 후배가 어느 날 면회를 왔다.

"선배, 내가 그날 영상을 찍었는데 영상에 선배가 없더라."

동영상 안에는 현재 희망연대 조직국장을 맡고 있는 최오수가 보였다는 거다. 최인기는 재판에서 증거로 이를 밝힐 수가 없었다. 법정공방이 이어지고 1심 최후진술 하는 날 최인기는 판사에게 말했다.

"나는 무죄임을 증명할 수 있는 영상을 가지고 있다. 하지만 피치 못할 사정으로 지금은 공개할 수는 없다."

판사는 증거가 있다는데 함부로 판결할 수가 없었다. 다음 날 경찰이 압수수색영장을 갖고 집을 수색했다. 하지만 그 영상은 이미 아내가 다른 데로 감춰 놓았다.

아내는 구타당했다는 교도대원을 만나러 경남 거제까지 내려갔다.

"이 영상을 봐라. 우리 남편이 있나. 조사받을 때 압박받은 거 아니냐. 이제 제대하고 민간인 신분이니까 사실대로 이야기해 달라."

결국 사건을 뒤집어 그 사건은 무죄로 판결났다. 그런데 검찰은 박봉규 열사 사건을 병합해 징역 10월을 선고했다. 무죄로 풀려나면 누군가가 책임을 져야 하기 때문이었다.

다시 일상으로 되돌아왔다. 폭력 정권은 그이를 편안하게 살게 놔두지 않았다. 2007년 10월 12일, 경기도 고양시 주엽역 앞에서 노점상을 하던 이근재 씨가 철로변 공원에서 목을 매 자살했다.

이근재 씨는 건설노동자였다. 아내가 붕어빵을 팔던 노점상이었는데 고양시가 고용한 용역깡패들에게 폭행을 당했다. 마차를 뒤집어엎는 걸 보고는 저항했지만 힘이 달려 어쩔 수가 없었다. 남편은 그다음 날 자살했다. 거리의 시인 송경동은 그 사건을 보고 〈비시적인 삶들을 위한 편파적인 노래〉라는 시를 쓴다. 다음은 그 시의 일부다.

여보, 미안해
여보, 미안해
붕어빵틀을 잃어버려 미안해
당신의 순대를
당신의 떡볶이를
당신의 도마를 지켜주지 못해 미안해

분노한 노점상들은 고양시청을 쳐들어갔다.

"정문을 다 뒤집어놨다. 가로수도 불태워 버렸다."

이근재 씨가 목숨을 잃은 데 대한 정당한 항의였다. 최인기는 또 수배를 당했다. 동종 전과가 많아 잡히면 또 감옥에 가야 했다.

"오랫동안 도피생활을 하면 사람이 피폐해진다. 한번은 인사동에서 음식 무료시식회가 있기에 줄을 서서 기다리다 무심코 음식을 먹으려고 했는데 식당주인이 '저리 가!'라고 했다. 길거리에 있는 거울을 보니 몇 년 동안 노숙을 한 사람 꼴이었다. 사회적 편견과 차별을 실감하는 순간이었다."

최인기는 그 뒤에도 현재까지 일고여덟 가지 혐의로 경찰 조사를 받았다. 무죄, 공소 기각, 벌금 선고를 받았다. 현재도 재판 중이다.

최인기는 긴 세월을 수배당하고 감옥 생활하면서도 틈틈이 글을 쓰고 청계천 노점상과 골목길 사진을 찍었다. 사창가, 쪽방, 골목길을 사진으로 남기고 글을 쓴다. 본래 사진을 좋아해서 보석 세공일을 할 때 두 달치 월급을 써서 삼성 미놀타 카메라를 산 적도 있다.

"처음 산 카메라를 영등포에서 잃어버렸다. 망월동에 갔다 오다 새벽 기차를 타고 영등포에서 내려 부천 가는 새벽 첫차를 기다리다 비디오 다방에서 잠깐 졸았는데 없어졌다. 당시 나랑 사진과 인연이 안 되는구나 생각했다. 그때부터 사진을 찍었으면

지금 더 잘 찍을 수 있을 텐데."

사진기를 다시 산 건 2003년 '국제노점상연합'이 결성될 무렵이었다. 인도에 회의차 가면서 캐논 10D를 월급을 다 털어서 샀다. 아내가 말했다.

"죽을 때까지 찍지 않으면 죽을 줄 알아."

최인기는 그런 아내가 고마웠다. 과분한 카메라를 샀으니까 열심히 찍어야지 하는 생각으로 늘 갖고 다니면서 찍었다. 너무 열심히 찍어 어느 날 셔터박스가 고장 났다.

2013년 어느 날, 최인기는 노무라 모토유키(목사인데 할아버지라 불리기를 원한다.)라는 일본인을 만났다. 노무라 할아버지는 1931년생으로 일본의 한 종교를 매개로 사회운동을 하던 분이었다. 1960년대 말부터 한국에 와서 빈민 활동을 했다. 1970년대 청계천에서 찍은 사진을 보관하고 있었다. 노무라 할아버지는 청계천에 애정을 갖고 있는 최인기에게 자신이 1970년부터 찍은 사진을 유에스비에 담아 소포로 보내왔다. 그 사진을 본 최인기는 깜짝 놀랐다. 귀중한 자료였다. 다큐멘터리 전문잡지 눈빛출판사로 전화했다. 이규상 대표는 그 사진을 곧바로 책으로 냈다. 『노무라 리포트』였다.

그 책이 나온 뒤 최인기는 노무라 할아버지한테 두 번이나 고가의 사진기를 선물 받았다.

"노무라 할아버지가 한국에 왔을 때 함께 빈민운동가 제정구 기념사업회와 청계천의 전태일열사 동상에 가서 참배도 하고, 쌍용자동차 농성장도 가고, 빈곤사회연대 아랫마을 사무실도 다녀와 한국의 빈곤과 노동현실을 소개했다. 지금까지 노무라 할아버지와 계속 소식을 주고받고 있다."

최인기는 그동안 공저까지 포함해 책을 네 권 냈다. 2012년에 동녘에서 출간한 『가난의 시대』는 일제강점기의 '화전민'부터 2007년 금융위기 이후 등장한 '신빈곤층'까지, 집과 일터를 뺏기고 생존권을 위해 싸워 왔던 도시 빈민들의 역사를 담아냈다. 『떠나지 못하는 사람들』(동녘, 2014)과 『그곳에 사람이 있다』(나름북스, 2016)는 재개발로 마을이 사라질 위기에 처한 철거 지역, 현대화 사업이 진행되는 전통 시장 등을 사진과 함께 사람들의 이야기를 담았다.

최인기가 사진기로 들여다보는 피사체에는 언제나 빈민들과 가난한 동네 골목이 있다. 최인기는 그런 사진들로 개인 사진전을 여는 게 꿈이다.

"'가난'을 주제로 사진전을 열고 싶은 게 꿈이다. 대학로에 있는 이음책방과 장애인 카페 별꼴 그리고 장수마을 박물관 등에서 전시를 했지만 본격적인 전시를 하고 싶은 욕심이 있다. 차근차근 사진을 찍다 보면 언젠가 내가 만족해하고 사회에 내놓았을 때도 손색이 없는 그런 날이 올 거다."

꿈을 꾸는 사람은 이루어지게 마련이다. 막연한 꿈이 아니라 현실에 닿는 꿈은 더욱 그렇다.(2016)

반영숙 · 김성수 시민활동가 부부,
순박한 데모꾼들

—

좌충우돌해도 희희낙락하니까

좌충우돌해도 희희낙락하니까

  우리나라의 대표적인 탄광 도시인 강원도 태백. 1990년대 초까지만 해도 전국에서 모여든 광부들과 가족들이 있었다. 밤에도 불야성을 이룰 만큼 북적이던 거리가 이제는 한산해졌다. 1968년에 그곳 태백에서 태어난 반영숙은 대학을 졸업하고 간호사 자격증을 딴 뒤에도 그곳을 떠나지 못했다. 광부였던 아버지와 같은 탄광노동자들을 위해 노동상담소 간사로 산재 상담을 했다. 그이는 1991년 즈음에 김성수라는 한 남자를 만나 새 삶을 꿈꾸면서 그곳을 떠났다. 좌충우돌, 거듭된 실패, 하지만 두 사람은 행복했다. 자신들만 잘사는 사회가 아닌 모든 이들이 행복하게 사는 사회를 꿈꾸며 활동하는 삶을 살아왔다.

  2007년, 부부는 강릉으로 삶의 터전을 옮겼다. 반영숙은 밤에는 간호사 일을 하고, 남편 김성수는 학원 강사를 하면서 과수원 농사를 짓고 있다. 두 사람이 살아온 일생을 돌아보면 "다 잘 될 거야. 어떻게든 살아" 하는 용기를 얻게 된다. 부부의 일생을 돌아본다.

광부의 딸

반영숙은 1968년에 육남매 중 넷째로 태어났다. 아버지는 함태탄광 광부로 일했다. 충북 음성이 고향인 아버지가 논밭을 담보로 보증을 잘못 서는 바람에 고향에서 농사짓고 살 수가 없어 태백으로 들어왔다. 그 당시 탄광 경기가 좋아 외지에서 와도 석 달만 고생하면 사택에 들어갈 수 있었고, 구판장에서 두부 돼지고기 쌀이 배급이 나와서 최소한 굶지는 않았다. 한 달에 한 번씩 두부와 돼지고기 몇 근과 연탄 200장도 배급받았다.

그곳 어른들은, 딸들은 여상을 졸업하고 광업소 경리를 하다가 시집가는 게 가장 성공한 거라고 생각했다. 친구들 대부분은 여상으로 진학하거나 야간학교를 보내 주는 공장에 취직했다. 반영숙은 그런 삶을 벗어나고 싶어 떼를 써서 인문계를 갔다. 고등학교를 졸업한 뒤에도 대학을 가겠다고 7일 동안 단식투쟁을 했다. 여자가 대학이라니, 도저히 용납할 수 없다고 하던 아버지도 어쩔 수 없었다. 아버지는 결국 반영숙을 대학에 보내준다고 했다. 그런데 조건이 붙었다. 반영숙이 가고 싶은 과가 국문과였는데 아버지는 나중에 밥벌이하고 살 수 있는 자격증이 있는 과로 선택하라는 거였다. 반영숙은 결국 합격한 대학을 포기하고 강릉간호전문대학교를 갈 수밖에 없었다. 간호과는 적성에 안 맞았지만 어쩔 수 없었다.

반영숙은 글 쓰는 걸 좋아해서 학보사 기자를 했다. 당시 전두 환의 폭압적인 군사 정권이 이어지고 있었다. 서울에서는 날마다 시위가 일어났다. 강릉간호전문대에서도 늘 학내 투쟁이 있었다. 서울에서는 학내 민주화가 어느 정도 이루어지고 있었는데 이 학교는 여전히 옛날 방식 그대로였다. 재단 비리를 저지르고 있 던 한보 정태수가 이사장이었다. 정태수는 수서 비리, 대통령 비 자금 사건, 한보 비리 등으로 다섯 차례나 징역형을 선고받은 악 덕 기업주다.

"교수 임용권부터 학생복지 관련해서 어떤 것도 일체 관여하 지 못하는, 고등학교 수준도 안 되는 학교였다. 항의하면 보복 하는 교수도 있었다. 한마디로 이 학교는 70년대 형태라고 보면 된다."

반영숙은 학보사 기자를 하면서 민중문학을 알게 됐다. 학교 에서 아버지 이야기를 소설로 써서 문학상도 받았다. 반영숙은 글을 쓰면서 세상이 뭔가 잘못돼 가고 있다는 걸 깨달았다. 저절 로 운동권 학생이 됐다.

1988년 대학 3학년 때인 6월 29일, 강원도 태백시 철암동 강 원탄광 노동자 성완희가 회사의 노동탄압에 맞서 몸에 휘발유를 끼얹고 분신했다. 1년에 10명 중 한 명이 죽거나 다쳐 나간다는 탄광. 사무직 노동자의 일곱 배의 중노동이 뒤따르는 인간 이하의 가혹한 노동조건에도 한마디의 저항도 할 수 없었다. 군사정권 시절 만들어진 탄광의 어용노조는 노동자들의 권익을 묵살하고 노동현장에서 터지는 불만을 통제하고 감시하는 역할을 해왔다. 작업량 조작을 통한 임금갈취, 부당해고 등이 일상적으로 자행됐다. 노조에 대항하는 노동자들은 가차없이 해고됐다. 성씨는 입원한 지 9일 만인 7월 8일 숨졌다. 그의 죽음은 회사와 경찰, 공기관, 심지어 지역 상인들까지 결탁해 노동자들을 착취해 온 어용노조에 대한 최초의 저항이었다.

성완희의 분신은 전태일의 분신처럼 오래도록 침묵해 있던 노동자들을 일깨웠고 노조 집행부에 대한 퇴진운동으로 이어졌다. 원주 지역 대학생들은 연세대 원주의대에 모여 강원탄광의 인권탄압의 진상을 밝히라고 교문 밖으로 진출을 시도하며 경찰의 최루탄에 맞서 화염병을 던지며 치열하게 싸웠다. 반영숙도 그런 데모에 늘 끼어 있었다. 성완희의 안타까운 죽음은 결국 어용 노조위원장을 사퇴시킬 수 있었다.

소설 『파업』을 쓴 안재성은 성완희 열사의 복직 투쟁을 계기로 인연을 맺고 당시 광산지역 사회선교협의회 노동상담소 국장으로 일하고 있었다. 반영숙은 성완희 열사 노제를 치르면서 그곳에 머물러야겠다는 결심을 굳힌다. 안재성과 반영숙은 나중에 같이 일하게 된다.

"학생들하고 같이 연대해서 원주대 병원에서 장례를 치르고 노

1991년 지자체 선거가 처음 시작되던 4월 즈음 진보정당이 창당됐다. 반영숙은 다시 사북천주교노동사목과 민중당 정선지구당에서 일을 하기 시작했다. 민중당 으로 성희직 씨가 도의원에 출마했다. 반영숙은 선거운동을 하고 있었다. 맨 뒤 오른쪽이 반영숙 씨.

제를 진행하면서 아빠와 같은 삶을 사는 탄광에 가서 뭐라도 보탬이 되면 좋겠다고 생각했다."

반영숙은 간호대학을 졸업하고 병원에 취업했다. 다친 사람들, 진폐증 환자들을 치료하다가 광부들의 어려운 삶을 몸으로 깨닫고 간호사를 그만두고 광산으로 갔다. 이때 노동상담소 국장을 지내던 안재성과 만나게 된다.

"노조 활동하면서 어려운 일을 상담하거나, 주로 산재 상담을 도와드리고, 산재를 인정받도록 회사와 싸우는 일을 했다. 사실 광부들의 고충을 들으면서 같이 술 먹은 기억밖에 없다. 하루에 30여 명 가까이 갑을병 교대로 찾아와 퇴근 시간이 따로 없었다.(웃음) 광부들은 3교대였다. 아침 10시, 오후 4시, 밤 12시에 주르르 오신다. 주로 큰 대응은 선배들이 하고 나는 옆에서 보조하는 역할을 했다."

성완희 추모기념 사업회가 설립됐다. 안재성은 사무국장, 반영숙은 간사로 일하기 시작했다. 반영숙은 타이핑해서 등사기로 밀어 노보를 만들어 주는 일을 주로 했다. 대자보 쓰는 건 지금도 자신이 있다.

"1주기 추모제를 하면서 그때 처음으로 추모시를 썼다. 지금도 행사에 가면 그 시를 낭독한다."

너를 만나리라_ 반영숙

광산쟁이답게/ 우직하고 타협할 줄 몰랐던/ 마음 여리고 착해 터진 너는/ 이 사회의 모순 앞에/ 얼른 다가서지 않는 울분을/ 무너져 버린 억장을/ 고스란히/ 네 온몸으로 부둥켜안으려 했다

이 돌구지 탄촌에서/ 에라, 댓병 소주로 하얀 밤/ 그렇게 쓰린 속을/ 탄가루 엉켜 붙은 목구멍을 씻어 내리던 네가/ 비틀거리며/ 자꾸 휘청거리며/ 더 깊은 갱을/ 내려가고 또 올라가고 하던 네가/ 부당하게 막힌 갱도 앞에서/ 흐르는 눈물을 애써 감춘 채/ 여느 때처럼/ 꾸부정한 자세로/ 죽을힘이 있으면/ 그 힘으로/ 끝까지 함께 싸우자던 네가

우리들의/ 그 숱한 눈물과 탄식 속에서도/ 정작 외로웠던 가슴으로/ 치 떨리는 주먹을/ 끝내는 짓밟힌 설움을 불살라 버린/ 사정없이 불살라 버린/ 완희야,/ 불에 데인/ 자꾸만 감겨 오는 두 눈 속에/ 입술마저 아예 문드러져 버린/ 막힌 기도 사이로/ 끊어질 듯 이어질 듯 신음처럼 내뱉는 소리/ 광산쟁이도 인간이다/ 인간답게 살아보자고/ 우리에게 민주노조가 있었다면/ 이런 아픔은 없었을 거라고

그래, 완희야/ 이젠 더 이상 더 이상/ 캡프 불빛 속의 속수무책 탄 먼지들도/ 서늘하게 울려대는 괴물 같은 삭도의 덜컹거림도,/ 시큰거리는 어깨 위로 하루하루 버팀해 나가는 동발 한 틀 한 틀도/ 절망의 몸짓들이길 거부하고/ 숨죽임의 몸짓들이길 거

부하였다.(1989년)

전두환에 이어 정권을 잡은 노태우 독재정권은 추모제를 지낸
이들조차 불순 세력으로 몰았다. 1주기 추모제를 연 뒤 관련자
수배령이 떨어졌다. 어느 날 반영숙은 잡혔지만 경찰은 4일 동안
조사만 하다가 초범이라고 내보내 줬다. 안재성은 3년 뒤, 소설
『파업』(2019, 사회평론)을 낸 뒤에 경찰에 잡혀 국가보안법으로 두
번째 구속을 당했다.

병원에 취업해서 일하는 줄 알았던 반영숙이 노동운동을 한다
는 사실을 집에서 알았다. 오빠한테 잡혀 집에 갇혀 있던 반영숙
은 강원도 정선으로 도망쳤다. 안재성의 후배들이 고한과 사북
의 삼척탄좌, 동원탄좌 등에서 활동하고 있었다. 노동조건 개선
을 추진하는 모임 '노개추'도 결성하고 소식지도 만들었다. 감시
가 심했다. 술집에 모여만 있어도 찍히는 시대였다.

1990년 해고노동자돕기 모금운동 건으로 광부 성희직 씨가 해
고당했다. 또, 서울, 태백 등지에서 동발을 메고 기어가는 최초의
'갱목시위' 등으로 석 달만에 복직되기도 했다. 그런데 시위 주동
혐의로 2차 해고를 당했다. 성희직은 1989년에는 여의도 평민당
사에서 농성을 하다가 광산작업용 도끼로 왼손 검지와 중지를
자르면서 광산노동자의 열악한 노동환경을 몸으로 고발하기도
했다.

꽃 선물, 처음이자 마지막

1990년대로 들어오면서 '석탄산업 합리화'라는 석탄산업 조정 정책으로 탄광들이 문을 닫기 시작했다. 탄광은 점점 없어졌고, 태백 선수촌이 지어지기 시작했다. 1991년 지자체 선거가 처음 시작되던 4월 즈음 진보정당이 창당됐다. 반영숙은 다시 사북천주교노동사목과 민중당 정선지구당에서 일을 하기 시작했다. 민중당으로 성희직 씨가 도의원에 출마했다. 반영숙은 선거운동을 하고 있었다. 그때 서울에서 선거운동을 지원하러 한 남자가 왔다.

"지원이 아니었다. 연애 사업하러 갔다. 하하하!"

서강대 휴학 중에 있는 김성수였다. 반영숙은 그 사람 본명도 모르고 있었다. 당시 대학에서 운동하는 학생들은 가명을 쓰는 이들이 많았다. 반영숙은 선거 홍보물을 인쇄하기 위하여 충무로를 자주 오갔다. 교통이 안 좋을 때라 서울을 한 번 가려면 다섯 시간씩 걸렸다. 하루 만에 다시 돌아가지 못하고 서울에 머물 때가 많았다. 반영숙은 충무로에 있는 인쇄소에서 일이 끝나면 자연스레 서울에서 지원 나온 김성수와 같이 지낼 때가 많았다. 강경대가 서울시경 4기동대 소속 전경에게 집단 구타를 당해 숨졌을 때 대한극장 앞에서 투쟁을 하던 5, 6월에는 거의 붙어 있다시피 했다.

어느 날 최루탄 맞으면서 하루 종일 데모를 하다가 반영숙이 정선 선거 사무실로 가기 위해 밤 10시에 정선을 가는 기차를 타야 했다. 김성수가 배웅해 주기로 했는데 시위를 하다 보니 약속 시간이 빠듯했다.

"그때 가장 클라이맥스였다. 시청역에서 내려 갈아타려고 뛰는데 웬 할머니가 꽃을 팔고 있었다. 달리다 말고 찌지직! 돌아서서 꽃 한 다발을 샀다. 선물은 그때가 처음이자 마지막이었다."

반영숙을 사랑하는 감정이 싹텄을까? 그때는 미안하다는 마음이 먼저였을 것이다. 반영숙은 서울에 아는 사람이 없었다. 오로지 만날 수 있는 사람은 김성수 자신이었다. 김성수가 보기에 혼자 고생하는 모습이 안쓰러웠다. 그렇게 최루탄 가스 마시면서 데모하고 혼자서 쓸쓸하게 그 먼 정선을 가야 하는 반영숙을 보니 가슴이 싸했다.

반영숙은 기차역에서 남자한테 그런 꽃 선물을 처음 받았다. 가슴이 두근거렸다.

"내가 그동안 탄광노동자들, 무뚝뚝한 남성들 사이에 있다 보니까 그 상황이 낯설었고 신기했다. 탄광노동자들이 나를 엄청 아낀다고 챙겨준다는 게 삼겹살 댓 근, 돼지 껍데기에 소주 됫병 가지고 온다. 그렇게 갑 을 병 3교대로 찾아오니 내 위장이 방꾸 날 정도였는데 꽃이라니, 게다가 사근사근한 서울 남자…."

김성수는 착하고 성실하고 순박했다. 반영숙은 김성수에게 마음이 끌렸지만 연애는 사치스러운 감정이라고 생각할 때였다. 선배들도 "지금 혁명의 시대인데 그런데 틈을 주면 안 된다"고 했다. 그런 말을 들으면서 노동운동을 했는데 이런 설레는 감정을 느껴도 되나 싶었다. 이렇게 두근거리고 설레는 마음을 온전히 느끼고 마음을 여는 데까지 오래 걸렸다.

그동안 선거운동을 했던 성희직이 강원도 정선에서 도의원에 당선됐다. 진보정당으로는 최초로 전국에서 유일하게 당선된 것이다. "당선"이라는 두 글자를 확인했을 때 둘레에 있던 동료들, 운동원들은 모두 서로 부둥켜안고 껑충껑충 뛰며 기쁨에 겨워 눈물을 흘렸다.

우리 결혼할 겁니다

그런데 얼마 뒤 반영숙은 이제 할 일을 다 했으니 정선을 떠난다고 폭탄 선언을 했다. 광산 선배들은 어리둥절했다. "무슨 일이야? 떠나다니?", "성희직이 도의원에 당선됐는데, 할 일이 태산 같은데 여길 떠나면 어떻게 해?" 옆에는 김성수가 있었다. "우리 결혼할 겁니다." 광산 선배들은 기함했다. 반영숙은 스물네 살, 김성수는 스물여섯 살, 게다가 아직 학생 신분, 노동운동을 하느라 휴학 중이었다. 결국 두 사람 결심을 꺾지 못했다.

1991년 10월 10일 김성수는 반영숙 부모님한테 허락을 받기 위해 찾아갔다. 집에서는 이미 두 사람이 결혼하겠다는 소식을 들었다. 김성수는 혼자 소주를 몇 잔 먹고 용감하게 들어갔다. 반영숙 아버지는 이미 술에 취해 인사불성 상태였다. 김성수가 앉자마자 "난 나간다!" 하고 나가 버렸다.

예상했던 일이다. 김성수는 무릎을 꿇고 앉아 기다렸다. 반영숙 아버지가 네 시간 만에 다시 들어왔다. 그때까지 김성수는 무릎을 꿇은 채였다. 발이 저려 감각이 없었다. 반영숙 어머니와 언니가 김성수 편을 들어줬다. 언니가 먼저 말했다. "아빠, 그래도 사람이 착한 거 같아. 저 정도면 괜찮지 않을까." 어머니도 거들었다. "여보, 둘이 저렇게 좋다는데 어떻게 해요." 아버지는 한참 생각하다가 한마디 했다. "나는 결혼하더라도 한 푼도 도와줄 수 없네."

김성수는 속으로 쾌재를 불렀지만 드러내놓고 표현할 수는 없었다. "감사합니다" 하면서 김성수는 큰절을 드렸다. 반영숙을 데리고 나왔더니 어머니와 언니, 동생들이 따라 나왔다. 그런데 당장 차비가 없었다. 김성수는 반영숙 동생한테 돈 30만 원을 빌렸다. 그게 두 사람 총 재산이었다. 김성수와 반영숙은 늦가을 쌀쌀한 바람을 맞으며 기차를 타러 갔다. 반영숙은 이제 돌이킬 수가 없었다. 걱정이 됐지만 김성수를 믿었다.

밤기차를 타고 청량리에 도착하니 새벽이었다. 무작정 간 곳이 부평이었다. 김성수가 말했다.

"우리 당분간 여관에서 생활하면 어떨까?"

반영숙은 눈물이 나왔다. 울지 않으려고 애썼지만 한번 쏟아진 눈물은 그치지 않았다.

김성수는 도저히 안 되겠다 싶어 반영숙을 달래고 근처에 집들을 알아보고 다녔다. 갈산 시장 근처 전봇대에 붙은 광고가 보였다. "보증금, 30만 원? 저기로 한번 가 보자." 주소를 물어물어 찾아갔더니 집주인이 "좀 전에 나갔는데 잠깐만 기다려봐" 하고 말했다.

그분이 소개해 준 집은 조그만 연립이었다. 주인집 할아버지가 대우전자 대리점 사장이었다. 가진 돈 30만 원을 보증금으로 내고 나니 한 푼도 없었다. 그런데 주인 할아버지가 달랑 몸만 있는 두 사람이 안쓰러웠는지 이불을 그냥 줬다. 다음 날엔 "이건 나중에 갚아라" 하면서 가스레인지를 줬다.

김성수는 방을 구하자마자 일자리를 찾았다. 마침 바로 근처에 공사장이 있어 일자리를 구할 수 있었다. '노가다'는 처음이었다.

"거푸집에서 바라시한 걸 트럭에다 싣는 상차 작업이었는데 하루에 열 번씩 못에 찔려야 집에 들어올 수 있었다."

처음 3일은 온몸이 쑤셨다. 한 달 일하고 났더니 몸무게가 58킬로로 줄어들었다. 그래도 김성수는 한 달에 하루도 쉬지 않고 일을 했다. 열심히 사는 젊은이들이라고 주인 할아버지가 프라이팬, 냉장고도 주셨다. 부부는 일이 끝나면 저녁엔 현장에서 가져온 땔감으로 군고구마를 팔았다. 몸은 힘들지만 두 사람은 행복했다. 그런데 그렇게 행복하게 살고 있던 이들을 국가는 가만

놔두지 않았다. 기무사에서 남편을 탐문하고 있다는 얘기를 들었다.

"도바리 다니느라 3개월 동안 고생했다."

'도바리'는 당시 시국사건으로 수배 중인 사람들이 검거망을 피해 도망치던 것을 가리키던 은어이다.

1990년도 민자당 합당하고 시민들의 저항이 거셀 때였다. 정권은 시민들의 관심을 돌리려고 조직 사건을 터트렸다. 거기 걸리면 빼도 박도 못했다. 친구한테 집을 부탁해 놓고 피했다. 3개월 동안 도망 다니고 나니 모든 연락이 끊겼다. 차비가 떨어진 김성수는 영등포에서 부천역까지 걸어간 적도 있었다. 반영숙은 애가 탔다. 어느 날은 김성수가 온다는 소식을 누군가에게 전해받고 부천역에서 네 시간 동안 마냥 기다린 적도 있었다. 어느 날 기적처럼 다시 만났다. 남편이 그동안 지내면서 공중전화박스에서 잠을 잔 이야기를 하는데 반영숙은 눈물이 쏟아졌다.

"가슴이 미어졌다. 공중전화박스에서 잠을 잤다는 말 들으니까."

김성수는 아내에게 태평스러운 척했다. 신문지만 있으면 바람이 안 불어서 좋다고 하면서 공중전화박스에서 웅크리면서 잠자던 모습을 재연했다. 반영숙은 원망스러운 듯 눈물을 흘리면서 웃었다. 두 사람이 다시 집으로 들어간 것은 봄이었다.

김성수는 다시 복학했고, 반영숙은 병원 간호사로 취직했다. 생활비, 학비, 월세를 혼자 벌면서 김성수의 뒷바라지를 했다. 반영숙은 그 집에서 3년 반 동안 간호사로 일하면서 김성수를 졸업시켰고 월세를 전세로 바꿨다. 집에는 날마다 후배들이 찾아왔다.

"부평장 여관 같았다. 후배들이 허구헌날 와서 죽치고 쌀이 떨어지면 간다. 웬수들이었지만 오면 반가웠다. 만나서 얘기하고 문학 토론도 했다."

두 사람은 아파트로 전세를 얻어서 이사했다. 반영숙은 그렇게 싫어하던 간호사 일이 새삼 고마웠다.

부부는 살림이 어느 정도 정리된 뒤에 다시 시민활동을 한다. 처음 들어갔던 단체가 진보정당추진위였다. 딱히 맡은 직책은 없었다. 반영숙은 간호사 일을 그만두고 김성수가 다니는 학원에 강사로 들어갔다. 간호사 일을 해서 지금껏 살아왔지만 그 일이 즐겁지가 않았다. 남편이 하는 학원 강사 일이 재밌어 보였다. 과학 공부를 한 뒤 아이들에게 과학을 가르쳤다. 반영숙은 두 달 안 된 애기를 이웃집에 돌리면서 맡겼다. 그렇게 두 사람이 벌어 부평에 경매가 들어간 아파트를 샀다. 처음으로 두 사람은 '내 집'을 가지게 됐다고 좋아했다.

"집을 사서 기분이 좋아 술을 먹었다. 그때 둘째가 생겼다. 하하하."

김성수는 학원에서 실장까지 올라가 있었다. 그런데 학원에서 아이들을 줄인다고 하면서 성적이 우수한 아이들만 남기려고 했다. 낙오되는 아이들을 그냥 두고 볼 수 없어 학원을 냈다. 수강생들은 몇 명 안 되는데 채용한 학원 강사들 대우를 제대로 해줘야 한다고 월급을 후하게 줬다. 그 당시 180만 원. 교사가 다섯 명이었다. 망할 수밖에 없었다.

"쓴맛을 봤다. 1년 반 버티다 말아먹었다. 인테리어 비용만 7, 8백만 원 들었는데. 에어컨 하나당 30만 원 샀던 걸 3만 원 받고 팔았다. 마지막에 강사 월급을 주려고 집을 처분했다. 은행권 대출을 할 수 있는 대로 다 받아 신용불량자가 됐다."

둘째가 태어날 무렵이었는데 집을 뺏기고 월세로 가야 했다. 원룸으로 이사를 간 뒤 반영숙은 다시 병원 간호사 일을 하기 시작했다. 김성수는 인터넷방송국도 운영해 봤다. 하지만 또 망했다. 다시 쓴맛을 보고 학원 강사 일을 시작했다. 종로엠스쿨, 학림학원 등 몇 군데를 옮겨 다녔다. 신용불량자에서 벗어나는 게 거의 불가능해 보였는데 10년 동안 갚아 2007년에 신용불량자에서 벗어났다.

그 밖에도 두 사람은 여러 가지 일을 했다. 전국실업극복단체연대에서도 활동했는데 너무 많아서인지 둘 다 기억하지 못한다.

강릉으로

2007년 3월 반영숙이 보건복지부 산하 강원도 아동 복지교사 지원을 총괄하는 일자리가 생겼다. "귀촌은 해도 귀농은 못한다"

는 김성수를 설득해 두 사람은 강릉 주문진으로 내려왔다. 강릉에는 남자들 일거리가 없었다. 김성수는 강릉에서 학원 강사를 6개월 동안 하더니 다시 서울로 가 버렸다.

반영숙은 주문진으로 와서도 평범하게 살지 않았다. 아동복지센터 임기가 끝날 무렵, 2010년에 민병희가 교육감에 출마했다. 반영숙은 교육이 제대로 서야 한다는 마음으로 선거운동에 뛰어들었다. 다행히 민병희가 교육감에 당선됐다. 선거가 끝난 뒤 반영숙은 참교육학부모회, 교육희망네트워크와 같은 학부모 조직을 만들었다. 강릉에서 전교조 이후로 처음 시작된 교육운동이었다. 이곳에서도 반영숙은 사무국장을 맡았다.

"강릉학부모회를 조직하면서 그때 처음 교육운동을 했다. 젊은 교사들하고 젊은 엄마들하고 작은 학교 살리기, 혁신학교 만들기도 했다. 우리 아이도 일부러 시골학교로 보냈다. 없어질 뻔한 운양초가 지금은 엄청나게 커졌다. 또 포남초는 도심공동화 때문에 예전에 번영했던 마을이 학급 수가 줄어 수급자나 한부모가정 아이들이 많았다. 교사들과 협력해 혁신학교를 만들었다."

그 결과 강릉에는 학교 중심 지역 교육 공동체가 형성됐다. 강원교육연대활동을 하면서 중학교까지 무상급식이 이루어졌고 고교 평준화가 시행됐다. 포남초 교사들은 지난 2016년에는 『배움의 공동체를 만들다 학교를 바꾸다!』(에듀니티)라는 책도 냈다. 이 책은 포남초등학교가 혁신학교로 지정되기까지의 과정과 혁신학교로 지정된 이후 4년 동안 어떻게 학교를 바꾸었는지에 대한 이야기를 담고 있다.

그즈음 김성수는 서울에서 민주노동당 민생희망본부에서 민생 상담을 맡고 있었다. 용산범대위나 평택의 쌍용차 해고자 투쟁, KBS 노조 파업 현장 같은 데서 싸움만 있으면 잡혀갔다. 그동안 낸 벌금만도 천만 원이 넘는다.

반영숙은 남편이 보고 싶었다. 딸도 사춘기가 되면서 외로움을 탔다. 반영숙은 아빠가 옆에 있어 줘야 된다는 핑계를 대고 남편한테 강릉으로 내려오라고 했다. 김성수는 서울 일을 접고 강릉으로 내려왔다. 오자마자 체험마을 사무장 일을 맡았다. 때마침 구정골프장이 생긴다는 소식이 들렸다. 거긴 남쪽 끝, 김성수가 살던 장덕리가 아니었지만 구정골프장 설립반대투쟁공대위 사무장을 맡았다. 농성장과 구정마을을 3년여 동안 허구한 날 제 집 드나들 듯 다니며 주민들과 투쟁해 결국 골프장 건설을 막아냈다. 반영숙이 웃으면서 증언해 준다.

"그쪽 마을 사람들이 남편이 가면, 날라리 사무장 왔냐며 엄청 예뻐한다."

남편과 그 싸움을 같이했던 반영숙은 부녀회 회원들하고 꾸러미 법인을 만들었다. 거기서도 반영숙은 사무장을 했다. 2년 동안 그곳으로 출퇴근했지만 인건비를 만들어 내기 어려워 꾸러미는 오래가지 못했다. 반영숙은 한 달에 교통비 6만 원을 받고 정성을 쏟았지만 먹고사는 문제 때문에 쉽지 않았다.

농사가 이렇게 돈이 안 될 줄 몰랐다

반영숙은 광산에서 태어나고 자랐지만 농촌에서 농사를 지으며 살고 싶었다. 싹이 움트고 꽃이 피고 열매를 맺는 게 신기하고 좋았다. 이런 고향이 있으면 좋겠다는 얘기를 남편에게 몇 번이나 했다.

"이 마을이 따스하고 좋다. 봄여름가을겨울 이런 데 붙박이로 있으면 좋겠다, 그래서 남편에게 농사를 지어 보자고 했다. 돈이 안 될 줄은 몰랐다. 그걸 알게 되는 데 한 3년 걸린 것 같다."

부부는 첫 해에 6백만 원, 두 번째 해에 천5백만 원, 세 번째 해에 3천만 원 매출을 올렸다. 세 번째 해에 "많이 벌었네!" 하고 감탄했는데 그게 아니었다. 사연은 이렇다.

부부는 2015년에 시범 삼아 '장데기네' 농가펀드를 시작했다. 복숭아 봉지 쌀 돈이 없어서 돈을 모으려고 6, 7백만 펀딩을 했다. 중고로 얻은 경운기 운전이 서툴러 언덕에서 뒤집히거나 비탈길 내려오다 처박히는 등 큰 사고가 세 번이나 있었기에, 경운기를 대신하여 언덕도 잘 올라가고 동력분무기 설치가 가능한 1톤짜리 4륜 트럭을 중고로 장만하고 싶었다. 처음엔 잘 됐다. 덕분에 세렉스도 중고로 사고, 녹슨 컨테이너도 구할 수 있었다.

지난해는 농사펀드에서 네이버에 올려서 해보자고 했다. 3천만 원 넘게 올라갔는데 문제가 생겼다. 도매시장에 넘기는 가격이면 손해 안 보겠다고 생각했다. 그런데 택배비와 포장비를 제하니 박스당 만 원도 되질 않았다. 지난해 추석이 빨랐고 비가 많이 와 출하 시기도 맞지 않았다. 어쩔 수 없이 이웃 농가의 복숭아를 비싸게 사서 보내줬다.

더 큰 문제는 네이버에서 펀딩에 참여한 사람들은 농산물을 인터넷 쇼핑하는 걸로 판단했다. 어떤 과정을 통해서 농사를 짓고 어떤 철학으로 이 작물을 키워 왔는지 이해하려고 하는 게 아니라 주문을 했으면 오는 날짜에 받는 걸로 알았다. 날씨 때문에 늦어지거나 과일이 멍들어 있거나 하면 용납이 안 됐다. 불만 있는 사람들한테는 다시 보내줘야 했다.

"4백 상자를 보내줘야 되는데 복숭아가 익지를 않아 이웃 농가의 복숭아를 명절 밑 시세로 사서 보냈더니 오히려 박스당 마이너스 2만 원이 났다."

결국 추석 때 마이너스 800만 원이 났다.

"나중에 맺은 과일은 공부방에도 보내고 지인들과 다 나눠 먹었다. 농사를 지은 지 3년 지나니까 마이너스 3천이 됐다."

농사만 지어선 먹고사는 것도 자식 공부시키는 것도 어렵다는 걸 뒤늦게 깨닫고 2014년 가을부터 결국 반영숙은 밤 근무만 하는 나이트 전담 간호사 일을 시작했고 김성수는 고등부 수학 강사 일을 시작했다. 농사를 포기하지 않아도 되고, 하고 싶은 시민사회운동도 시간에 얽매지 않고 할 수 있는 방법이었다. 그런데 반영숙은 지난해 병원에서 황당한 일을 당했다. 반영숙은 핸드폰에 세월호 리본을 달고 다녔는데 어느 날 의사가 "그걸 왜

붙이고 다니냐, 떼라"고 시비를 걸었다. 가만히 있을 반영숙이 아니었다. 떼기는커녕 공개 사과를 요구했다. 결국 그 의사는 공개 사과를 하지 않고 도망치듯 다른 병원으로 가 버렸다. 그 뒤 병원에서는 갑자기 3교대로 근무 형태를 바꿨다. 3교대는 농사를 병행할 수가 없다. 돈 안 되는 농사가 주업이고 부업이 병원 일인데 말이다. 싸우는 게 너무 피곤해서 실업급여를 받고 나와 버렸다. 지난해 사과를 수확한 뒤 새로 옮긴 요양병원은 집중치료실을 끼고 있어 한숨도 잘 수가 없다.

"이제 3개월 됐는데 우울증에 걸릴 것 같다. 그래도 남편 학원 그만두라 해 놨으니 버텨야 된다."

남편이 하는 강사 일을 그만두게 하는 까닭은 두 가지다. 하나는 농사에 전념하라는 뜻이다. 저녁에 한참 일할 시간 되면 학원을 가야 되니까 일할 시간이 부족하다. 또 하나는 남편이 이번에 이 지역에 농민회를 만들려고 한다. 반영숙은 무조건 찬성이다.

"3년째 농사지어 보니까 농민회가 꼭 필요하다는 걸 알겠다. 어차피 농민회 만들려면 학원 그만둬야 한다. 어떻게든 살겠지. 밑바닥 다 겪어 보고 살아서 별로 걱정 안 한다. 아이들 독립할 때도 됐고."

부모가 다른 사람들을 위해서 사는 일관된 삶을 살았기 때문인지, 스스로 자라도록 놔뒀기 때문인지 아이들은 몸과 마음이 건강하고 착하게 자랐다. 큰아이는 강릉 원주대 관광경영학과 2

학년을 올라가는데 장학금을 타서 등록금이 없다. 아들은 고3인데 이번에 자퇴서를 냈다. 그 이유가 거창하고 위대(?)하다.

"이 나라가 싫다는 거다. 그런데 담임이 자퇴서 접수를 안 해준다. 우리는 아이들에게 '니들은 알아서 커라' 하는 철학이다.(웃음) 혼자 공부해서 일본어 동시 통역 수준으로 자격증까지 땄고 자기가 벌어서 여행도 갔다 온다. 일본에 가서 취업을 하는 게 목표다."

두 사람은 아이들이 자랑스럽다는 걸 숨기지 않는다.

뒷이야기

두 사람은 현재 강릉시민행동 회원이다. 김성수는 강릉시민행동 운영위원장으로 활동하면서 1인시위나 기자회견, 캠페인이나 집회 등을 쫓아다니느라 농사를 자꾸 뒷전으로 미루게 된다. 박근혜 정권 말기 때엔 주말마다 박근혜 퇴진 비상행동 촛불캠페인을 나가느라 바빴고, 로컬푸드형 학교급식확산을 위해 농민들을 만나느라 바쁘다. 틈틈이 복지 사각지대 어르신들에게 땔감을 전해주거나 기초수급 상담을 해주고 있다. 반영숙은 건강한 먹거리와 쌀농부 이야기, 농업의 가치를 알리는 수업도 나가고 있다. 전에 식생활교육네트워크 사무국장을 하다가 현재는 이사로 있다. 김성수는 두 사람이 살아오면서 그동안 맡은 사무국장

직함만 열댓 개 된다고 너털웃음을 터뜨린다.

"저하고 가족하고 꿈이 달라요. 일 순위가 따로 있죠."

반영숙은 그게 뭔지 안다. "섭섭한데요." 하면서도 남편에게 따뜻한 웃음을 보인다.

"나는 사회운동하면서 사는 게 그게 삶의 목표예요. 만약에 아이가 없었으면, 하고 싶은 일들 하면서 직장 고민 안 하면서 살았을 거 같아요. 왜 낳았는지 몰라. 하하하."

"그래도 우리가 아이들 때문에 사람 노릇 하잖아요."

"아 맞아! 하하."

아, 닭살 부부다. 천생연분이다.

"제 인생 목표가 무엇이 되겠다는 게 아니고 이건 내가 해야만 되는 일이면 해야 되는 거예요. 열받는 일은 안 보고 싶고, 그러기 위해서는 필요한 일을 하게 될 뿐인 거죠. 아내가 이해하고 지지하는 게 큰 힘이죠. 결혼 잘한 거죠. 일단 좋아야 하는 건 당연한 거고."

말없이 고개를 끄덕이는 아내 반영숙은 그 말에 토를 달지 않는다. 아니 어쩌면 지금까지 한 일을 되돌아보면 아내 반영숙이 남편 김성수보다 더한 사회운동가일지도 모른다. 김성수는 아내 꼬임에 빠져 운동가의 삶을 사는 사람일지도 모른다.

반영숙은 어제 밤새우고 지금까지 잠 한숨 못 자고 인터뷰를 하느라 남편 곁에서 떠나지 않고 있다. 조금 이따가 또 밤 근무를 하러 나가야 하는데 전혀 피곤한 기색을 보이지 않는다. 되레 인터뷰를 길게 하고 있는 내가 미안했다. "사과, 복숭아 익을 때 꼭 연락하고 올게요." 인사하고 일어섰다. 올가을 부부가 농사지은 사과와 복숭아를 먹고 싶어 열 박스를 미리 주문했다. (2017)*

---

* 2019년 7월 강릉에서 부부를 다시 만났다. 여전히 봉숭아 농사를 지으면서 시민 활동을 하고 있었다. 봉숭아를 두 박스 샀는데 덤으로 이것저것 챙겨 주었다.

구수정 한베평화재단 이사,
베트남전쟁의 진실을 알리다

—

카이! 카이! 외치는 피해자들

카이! 카이! 외치는 피해자들

혹시나 한국인 여행자가, 베트남어를 잘 아는 한국 여행자가 저녁 무렵에 베트남 중부 지방에 있는 빈호아 마을을 지날 때면 이런 자장가를 들을지도 모른다.

"아가야, 너는 이 말을 기억하거라. 한국군들이 우리를 폭탄 구덩이에 몰아넣고 다 쏘아 죽였단다. 다 쏘아 죽였단다. 아가야, 넌 커서도 이 말을 꼭 기억하거라."

한베평화재단 구수정 이사가 그랬다. 빈호아 마을을 지나가다가 이런 섬뜩한 자장가를 들었다. 그 자리에 주저앉았다. 숨이 막히고 가슴이 벌렁벌렁 뛰었다. 눈물이 쏟아져 나왔다. 얼마나 한에 받쳤으면 이런 자장가를 불러 딸, 아들, 손주들에게 들려주고 있을까.

1993년에 무작정 베트남으로 유학을 떠난 구수정은 1999년에, 베트남전쟁 기간에 일어났던 '한국군의 베트남 민간인 학살'

문제와 맞닥뜨리게 된다. 학살의 진실을 마주하고 진정한 사과와 반성이 있어야 한다는 생각으로 1999년부터 〈한겨레21〉에 연재를 했다. 그 때문에 한국 참전군인들로부터 압박과 위협을 받기도 했다. 베트남 유학 1세대, 구수정 씨는 어떤 사람일까. 파란만장한 그이의 삶과 더불어 '한국군의 베트남 민간인 학살' 문제를 되돌아본다.

노동자로 살려고 했다

구수정은 1985년에 한신대에 입학했다. 당시 한신대는 진보적인 교수들이 많았다. 전국의 수배자들이 이곳에 있었고 전국의 해고 교수들도 와 있었다. 정운영 교수, 김수행 교수, 조희연 교수 등이 있는 한신대에서 공부하면서 학보사 기자를 했던 구수정은 자연스럽게 한국 사회를 바로 보게 됐다. 많은 운동권 학생이 그랬듯이 대학 3학년 때 노동 현장으로 갔다.

"나는 납땜을 했다. 컨베이어 벨트에서 브라운관이 떠내려오면 인두로 납땜을 하는 일이다. 내가 손이 느려 컨베이어 벨트 속도에 맞춰서 못했다. 그걸 못하면 선반에 올려야 된다. 근데 금방 선반에 쌓인다. 그럼 조장이 와서 엄청 혼을 낸다."

그래도 잘 버티면서 납땜 일만 2년 넘게 했다. 어느 날 학생 출신이라는 게 들통이 났다. 회사는 구수정을 해고했다. 시대가 그랬다. 위장 취업 하면 감옥에도 들어가던 시절이었다. 구수정은 노조를 만들 생각도 못했고 그저 오로지 노동자로 살겠다는 마음이었다. 복직 투쟁을 며칠 하다가 포기했다.

그 무렵 학생운동을 하다 투옥된 강민호라는 친구가 감옥에서 나왔다. 강민호는 1986년 건국대 '애학투(전국반외세반독재 애국학생투쟁연합)' 사건으로 구속되어 징역 2년에 집행 유예 2년으로 석방돼 학교로 돌아왔지만 얼마 되지 않아 부정 투표함으로 문제가 되었던 구로구청 점거 투쟁으로 다시 구속되었다. 실형 2년을 선고받고 복역 중에 다음 해 10월 개천절 특사로 석방되어 1년 만에 학교로 다시 돌아온 것이다. 구수정과 강민호는 건국대와 구로구청 사건 때 함께 있었고 같이 붙잡혀 각기 징역을 살았다.

구수정은 다시 강민호와 만나 같이 들어갈 공장을 찾았다. 둘다 블랙리스트에 올라 있어서 수원은 안 될 것 같아 안양공단으로 갔다. 땡볕이 내리쬐는 여름, 자전거를 타고 안양공단을 다녔지만 계속 거절을 당했다. 큰 공장에 취업 공고가 붙어 있어서 들어가도 면접을 하면 퇴짜당했다. 구수정은 걱정이 들었다. '쟤가 먼저 취직되고 나 혼자 남으면 어떻게 하지?' 구수정은 강민호한테 신신당부했다. '절대 너 먼저 취직하면 안 된다. 알았지?' 하고 약속을 받았다.

그런데 걱정했던 일이 터졌다. 1990년 3월 28일 강민호가 반월공단 내 대봉전선에 먼저 취직이 됐다. 강민호는 어렵게 된 취직

자리를 놓치고 싶지 않았다. "너도 곧 될 거야." 하고 공장을 들어갔다. 구수정은 낙담했다. 혼자 취직 자리를 알아보기에는 너무 암담했다. 결국 취업을 포기하고 구수정은 집으로 들어갔다. 3년 만이었다.

"그때는 받아들이기가 힘들었다. 내가 스스로 공장 가겠다고, 평생 노동자로 살겠다고 결심했는데 우습게 되더라. 그 비장한 각오가 너무 한순간에 무너지는 경험을, 인생이 무너지는 경험을 했다."

그런데 이튿날 강민호가 집을 찾아왔다. 집 앞에서 전화로 "나 배고파. 밥 먹으러 가자. 내가 사줄게." 하고 말했다. 화가 난 구수정은 나가지 않았고, 강민호는 그냥 돌아갔다. 구수정은 그날 일을 두고두고 후회한다. 강민호가 공장을 들어간 지 8일 만에 전선을 감는 커다란 기계에 빨려 들어가 죽었다. 죄책감과 회한이 밀려왔다. 자기 때문에 죽은 것 같아 괴로웠다. '같이 밥이나 한 끼 먹을걸.' 가장 힘들었던 시간이었다. 집 안에 처박혀 폐인처럼 살았다. 거의 반 년이 지났다.

그렇게 살던 구수정을 보고 안타까워하던 선배가 어느 날 술을 사 주겠다고 나오라고 했다. 그 선배는 돌베개 출판사를 다니고 있었다. 광화문 사무실 근처로 나갔다. 술이 몇 잔 들어가 알딸딸했다. 그런데 술을 먹다가 선배가 말했다.

"야, 수정아. 이 근처 사회평론이라는 잡지사가 있는데 기자를 모집하더라. 같이 한번 가 볼래? 너 글 잘 쓰잖아."

"그래? 가 보지. 뭐."

구수정은 술 취한 김에 객기를 부렸다. 당시 〈사회평론〉은 꽤 신망이 있던 월간지였다. 마침 그날이 기자 면접 보는 날이었다. 사무실 밖에서 큰 소리로 떠들어댔다. 마지막 면접자를 내보낸 면접위원들이 밖이 시끌시끌하니까 나와 봤다. 그런데 구수정이라는 사람이 면접을 보겠다는 것이다.

"입사 서류는 냈어요?"

그런 서류를 낼 턱이 없었다. 어이가 없었지만 면접위원들은 재미있다고 생각했는지 면접이나 보고 가라고 했다. 구수정은 알딸딸한 기분으로 면접장으로 들어갔다. 성공회대 조희연 교수, 서강대 박호성 교수 등이 면접위원이었다.

"아마 내가 굉장히 꼬장을 부렸을 거다. 교수들이 앉아 있는데 젊은 애가 와서 '당신들이 내 절망을 알아? 당신들이 노동을 알아?' 하고 소리 질렀으니."

'저런 배짱이라면' 하는 마음이었을까? 어처구니없게도(?) 구수정이 합격했다. 3개월 수습을 거쳐 정식 기자가 됐는데 오래지 않아 〈사회평론〉 잡지가 폐간 위기를 맞게 됐다. 하지만 구수정은 〈사회평론〉 덕에 피폐했던 삶에서 벗어나 사회로 나왔다.

때는 1992년 선거철. 구수정은 선배를 따라 김대중 선거 캠프로 들어갔다. 글을 잘 썼던 구수정은 연설 원고를 작성하는 일을 맡았다. 구수정은 김대중이 최선이라고 생각하지는 않았지만 그 당시엔 차선책으로 김대중밖에 없다고 생각했다. 하지만 김대중은 그해 대통령 선거에 떨어졌다. 구수정은 차선도 허락되지 않는 이 한국 사회가 너무 절망스러웠다. 게다가 사회주의를 추구했던 구수정은 소비에트연방과 동구권이 연달아 무너지는 걸 보고 다시 한 번 절망했다. 구수정은 사회주의를 제 눈으로 확인해보고 싶었다. 어디로 갈까 고민했다. 남들처럼 러시아나 중국으로 유학을 가고 싶지는 않았다.

그 무렵 책 한 권이 눈에 들어왔다. 『불멸의 불꽃으로 살아』는 미 제국주의에 맞서 싸우다 사이공 괴뢰정권에게 총살을 당한 우옌 반 쵸이 이야기다. 우옌 반 쵸이의 처형 이후 해방구로 들어간 그의 젊은 부인 판 티 쿠옌이 그와 함께 보냈던 최후의 나날들을 진술했고, 남베트남의 작가 찬딘반이 글로 썼다. 하노이의 베트남 외문출판사가 출간한 책을 '도서출판 친구'가 1988년에 번역해 출간했다. 구수정은 사형을 당할 때 눈가리개를 벗어던진 우옌 반 쵸이의 모습에 전율을 느꼈다.

그리고 또 다른 책 『사이공의 흰옷』을 봤다. 이 책은 사이공(현 호치민)에서 남베트남 민족해방투쟁에 참여한 베트남 고등학생들을 다룬 소설이다. 구수정은 책 두 권을 읽으면서 결심했다. 베트남으로 떠나자.

베트남은 80년 동안 프랑스의 지배를 당하다가 1945년에 베트남민주공화국을 선포했다. 하지만 바로 이듬해 베트남을 재침략한 프랑스에 맞서 싸워야 했다. 1954년 베트남에서 완전히 프랑스를 몰아내는가 했더니 이후 독선과 오만에 찬 미국이 침략

해 또다시 싸워야 했다. 결국 미국을 몰아내고 1976년 7월 2일 베트남 사회주의 공화국을 수립했다. 한국의 박정희는 우리나라 젊은이들을 미국의 용병으로 베트남전쟁에 보내 5만 명의 목숨을 잃게 했다.

구수정이 베트남을 간 때는 1993년 12월이었다. 한국과 다시 수교를 한 지 겨우 1년 만이라 베트남에는 한국인들이 별로 없었다. 당연히 구수정은 아는 사람이 하나도 없었다. 무조건 베트남을 가서 베트남전쟁을 공부하겠다는 생각만 하고 그동안 벌어 놨던 돈을 몽땅 찾았다. 계획도 없이 비자를 받고 호치민행 비행기 표를 끊었다.

"첫 인상, 택시가 없다. 마중 나온 사람도 없고, 연락할 곳이 한 군데도 없었다. 낮에 도착했는데 비행기에서 내려올 때 아, 정말 덥구나. 내가 상상했던 것보다 더 뜨거운 열기에 숨이 막혔다. 내가 여기서 살 수 있을까."

공항은 한산했다. 비행기를 타고 내린 다른 외국인들도 별로 없었다. 일단 공항 밖으로 나갔다. 택시를 타고 호텔을 가자고 해야지 하고 마음먹고 돌아보니 택시가 보이지 않았다. 당혹스러웠다. 한참 동안 서 있었다. 영어를 하는 사람들은 한 사람도 보이지 않고 외계어 같은 베트남어만 들렸다. 다른 사람들이 하나둘씩 차를 타고 떠나갔다. 그런데 자가용으로 보이는 차 몇 대가 떠나지 않고 있었다. 다가가 봤더니 유리창 위 조그만 종이에 택시라고 써 있었다. 무조건 탔다. 말이 통하지 않았다. "호텔, 호텔"했더니 운전사가 무슨 호텔이냐고 묻지도 않고 자신만만하게 차를 몰기 시작했다. 알고 봤더니 그 당시 호치민에서 외국인이 묵을 수 있는 호텔은 렉스호텔 하나였다. 모든 요금이 외국인 차등제였다. 사회주의 국가 특성인가? 생각했다. 구수정은 호텔 밖을 나갈 엄두도 내지 못했다. 말이 안 통하고 지리도 몰랐다.

호텔방 안에만 틀어박혀 지내는데 카운터에서 (종업원이) 올라왔다. 오늘이 음력 보름인데 절에 가면 볼거리가 많다고 했다. 가이드도 붙여 주겠다고 했다. 그렇잖아도 구수정은 용기를 내서 밖으로 한번 나갈 참이었다. 그런데 한국에서 가져온 돈이 문제였다. 그 돈을 호텔방에 두고 나가기가 겁이 났다. 5성급 호텔이라는 데가 문이 너무 허술했기 때문이다. 호텔에서는 주말이라 금고 담당자가 없어 맡아 줄 수가 없다고 했다. 그래서 배낭에 담아 갖고 다니기로 했다.

호치민에서 가장 큰 절이라는 데를 갔다. 절에 들어가니까 천장에서부터 집채만 한 향을 태우고 있었다.

"엄청나게 큰 향들이 달려 있는데 절에 들어가는 순간부터 아무것도 안 보였다. 연기 때문에 눈에서 눈물이 계속 나오고 숨도 쉴 수가 없었다. 발 디딜 수 없을 정도로 사람은 북적댔다. 옆에 가이드 팔을 잡고서 도저히 숨도 못 쉬겠으니까 빨리 나가자고 해 다시 돌아서 겨우 나왔다. 목도 아프고 눈도 아파 길거리 카페를 가서 아이스커피를 마시고 정신을 차려 돈을 내려고 보니까 가방이 찢어져 있었다."

하늘이 무너져 내리는 듯했다. 전 재산을 다 잃어버렸다. 다시는 한국에 돌아가지 않겠다고 모든 걸 정리해서 왔는데….

"집에서도 베트남 간다는 걸 너무너무 반대했고 둘레에 있는 모든 이들이 무슨 유학을 베트남으로 가려고 하냐, 미쳤나, 여자 혼자서 거길 어떻게 가냐고 말리는 걸 뿌리치고 왔는데."

구수정은 무작정 대한민국 총영사관을 찾아 나섰다. 그곳에서 만난 영사가 구수정의 손에 100달러를 쥐어 주며 무조건 한국으로 돌아가라고 했다. 그의 딱한 사정을 지켜본 렉스호텔에서는 호텔비를 독촉하지 않고 숙소를 하나 소개해 줬다. 출장을 온 정부 관료들이 묵는 게스트하우스였다. 하루에 35달러였다. 수중에 100달러밖에 없는 구수정은 그것도 부담이 됐다. 그런데 다행히 숙박비를 채근하지 않았다.

"처음에 거길 갔는데 문을 못 열었다. 도마뱀이 문 전체를 덮고 있었다. '까약!' 비명을 질렀다. 내가 소리를 지르니까 누가 와서 문을 열어 주더라. 그런데 도마뱀은 재앙도 아니었다. 문을 여는 순간 쥐들이 막 튀어나왔다. 베트남 쥐는 고양이만 한 것도 있다. 내가 여기서 어떻게 살지? 하는 마음이 들었다."

구수정은 포기하지 않았다. 어떻게든 집에 연락을 해서 돈을 좀 받아야 했다. 해외 전화를 할 수 있는 곳은 중앙우체국밖에 없었다. 그런데 전화요금이 너무 비쌌다. 어떻게 하면 이 상황을 빨리 전달할 수 있을까 연습까지 했는데도 86달러가 나왔다. 우체국까지 걷고 차비도 안 쓰고 밥도 물도 안 사 먹었다. 집에서 부치는 돈이 언제 올지 몰라 암담했다.

어떻게든 한국 사람을 만나서 도움을 청해야 된다고 생각했다. 다음 날부터 한국 사람이 갈 만한 곳을 찾아다녔다. 학교도 가 봤다. 영사관 앞에 가서 하루 종일 서 있어 봤다. 하지만 어디에도 한국 사람은 보이지 않았다. 하루에 한 끼 정도 먹고 버텼지만 결국 돈이 다 떨어져 버렸다. 수중에 1달러도 남아 있지 않았다. 한 사흘 정도 굶었더니 아무것도 보이지 않았다.

"돌아가야 되나 보다. 내일은 가야겠다. 처음으로 짐을 풀어 봤다. 내가 가지고 온 게 영어사전 한 권 하고 운동가요 테이프 하나 가지고 왔더라. 그걸 왜 가져갔는지 잘 모르겠더라."

처음으로 그 테이프를 들었는데 갑자기 통곡이 터졌다. 한국에서 부르던 운동가요를 들으니 울음이 터져 나온 것이다.

"나는 내 울음소리가 이렇게 무서운지 처음 알았다. 공명이 되면서 내 울음소리가 울음을 자극해 정말 세상이 떠나가라고 울었다."

아래층 수위가 올라와서 문을 두드렸다. 말이 통하지 않았지만 그 수위도 어떤 상황인지 한눈에 알아챈 듯했다. 다음 날 새벽부터 이상한 일이 벌어졌다. 그 숙소에 있던 사람들 모두 한 사람도 빠짐없이 손에 먹을 걸 들고 왔다. 과일은 물론 심지어는 물, 죽, 음식 같은 것도 가져왔다.

"이 사람들은 4시면 일어나니까. 오겠다고 약속한 것도 아닌데 아무나 와서 벨을 누르고 모든 사람이 과일을 가져오고 뭘 가져오고. 한 달은 먹을 게 쌓였다. 말은 알아듣지 못하는데 와서 안아 주고 내가 알아듣든 못 알아듣든 끊임없이 베트남어로 위로하는 거 같았다. 그때 내가 '더 있어 봐야겠다. 일주일만 더 버텨 보자'고 마음먹었다."

그러던 어느 날, 다시 한 번 기적이 일어났다. 갑자기 어디선가 한국말이 들렸다.

"정 상무님, 정 상무님!"

이게 꿈인가 싶었다. 어떤 한국 사람이 구수정 옆 방문을 두드리면서 부르는 소리였다. 꿈에 그리던 한국 사람이었다. 가서 그 사람을 만나야 하는데 몸이 굳어 발이 안 떨어졌다. 겨우 정신을 차리고 뛰쳐나갔는데 그 한국인은 이미 계단으로 내려간 뒤였다. 얼른 밖을 내다보니 차를 타려고 했다. 절박했다. 놓치면 안 된다는 생각에 "선생님! 아저씨! 기다려요!" 하고 소리친 뒤 계단을 내려가는데 눈물이 앞을 가려 온통 뿌옜다. 염치도 없이 그 차를 타고는 눈물 콧물을 흘렸다. 아무 말도 나오지 않았다.

"그때는 어려 보였을 거다. 고등학생인 줄 알았다고 했다. 얼굴은 동글동글 몸은 너무 말랐고 키도 작았다. 거기서 엉엉 울고 말도 못하고. 그분이 괜찮다고, 굳이 말할 필요가 없다고 했다."

그 한국인이 구수정을 렉스호텔로 데리고 갔다. 호텔에 들어서는 순간 베트남 사람들이 몰려들었다. 너도나도 그 한국인한테 구수정이 당한 일을 설명했다. 한국인이 물었다. 집으로 돌아갈 거냐, 여기에 남을 거냐고. 구수정은 이렇게 돌아갈 수는 없다고 대답했다.

그 한국인이 봉투를 놓고 갔다. 봉투에는 2천 달러가 들어 있었다.(구수정은 나중에 그분을 만나면 드리려고, 소매치기가 득시글거리는 호치민에서 옷 속에다 주머니를 만들어 늘 2천 달러를 품고 다녔다. 하지만 1년이 넘도록 그 한국인을 만나지 못했다. 이듬해 연말 영사관 '한인의 밤' 행사에서 그분을 만났다. 베트남에서 사업을 하는 사람이었다. 구수정은 인사를 하고 돈을 건넸지만 그분은 끝내 받지 않았다.)

"그 뒤 진짜 열심히 베트남어를 공부해서 그분의 모든 통역이며 계약이며 내가 다 발 벗고 나섰다. 생명의 은인 아닌가. 안타깝게도 그분은 사업이 망해 몇 년 뒤 베트남을 떠나게 된다."

두 달 만에 한국에서 소포가 왔다. 상자에 '나주 배'라고 적혀 있었다. 그 한글을 보는데 또 눈물이 나왔다.

"펑펑 울었다. 나는 문자 중독이었는데 베트남에 와서 처음으로 한글을 마주하게 된 것이다. 베트남어를 빨리 배우려고 일부러 한글로 된 책 한 권도 안 가져왔다."

대학원을 들어가는 데 수많은 벽을 만났다. 먼저 베트남어를 배워야 했다. 호치민시 국립대학교를 찾아갔다. 그런데 이 대학 인문사회과학대학 역사학과에서는 한국 유학생을 받아들인 경험이 없어서 절차를 아는 이도 없었다. 모두들 자기가 아는 대답만 했다.

"'너는 역사학과를 졸업하지 않았으니까 보충 학습을 해야 할 거야.' '그건 어떻게 해?' '역사학과에서 보충 학습을 들어.' 보충 학습을 들었다. 끝난 뒤 '시험을 보려면 어떻게 해?' 그럼 누가 '과외를 해야 되지 않겠니?' 그래서 또 과외를 했다."

베트남에 간 지 3년째. 1995년 6월 입학시험이 있었다. 입학 허가 구비 서류로 한국 거주지 관할 경찰서의 범죄경력조회서에서 한국 공관의 신원보증서는 물론 호치민시 외무청, 시·군·동 인민위원회 및 공안을 돌며 신원보증서를 받아야 했다. 학교장 추천서, 어학당 수학 능력 인정서, 교수 두 명의 추천서도 필요했다. 그래도 베트남 중앙인 하노이 교육부의 입학 허가는 떨어지지 않았다. 학교에서는 구수정에게 우선 입시를 치르도록 허락해 줬다. 지원자 30명과 함께 역사학과 석사 과정 시험을 치렀다. 시험 과목은 전공이 베트남 역사 세 과목(현대사·당사·통사)이었다. 구수정은 평점 10점 만점에 9.2를 받아 수석 합격했다. 베트남어는 평점 9.9로 발군이었다. 구수정은 석사 과정을 공부하면서 교육부 회신을 기다렸다. 2년 과정을 모두 수료했는데 하노이 교육부 회신은 '입학을 허가할 수 없다'였다. 학부에서 역사를 전공하지 않았다는 점을 이유로 들었다.

구수정은 끈질겼다. 하노이 교육부를 여덟 번 찾아가 책임자를 면담했다. 결국 대학원 2년 과정을 끝내고 8개월 지난 뒤에야 입학 서류를 받을 수 있었다. 그녀는 1997년 학기말 고사의 민속학 과목에서 10점 만점을 받았다. 역사학과 개설 이래 처음이라고 했다. 일부 교수와 학생이 이의를 제기해 교수위원회 심의에 회부되었다. 담당 교수인 탄 판 교수는 위원회에서 진술했다. "구수정은 철자에 한 글자도 오자가 없었다. 구수정이 가진 불리와 한계를 생각건대 답안이 9.9라면 0.1을 가산해야 한다."

구수정의 논문 주제도 벽을 만났다. '한국군의 베트남전 개입 연구'라는 주제를 학교 당국이 부담스러워했다는 것이다. 신청한 지 2년 만인 1999년 9월에야 허가되었다. 논문 쓸 자료도 구하기 힘들었다. 사회주의 국가이기 때문에 외국인이 국립문서보관소, 국방부, 외무부 등의 자료에 접근하려면 재학증명서, 범법을 저지르지 않았다는 공안 서류부터 영사관, 베트남 외무부 허가서 등 구비 서류가 수도 없이 많았다. 심지어는 한국에 보내서 도장을 받아야 하는 서류도 있었다. 또다시 하노이를 여덟 번이나 다녀왔다. 쓰뜨 하동(베트남에서 가장 무섭다는 하동 사자)이라는 별명도 생겼다. 그러나 쓰뜨 하동도 안 되는 건 있었다. 여덟 번째 하노이 방문에서 자료 접근을 포기하려고 마음먹었다. 외무부 산하에 있는 직원에게 마지막으로 말했다.

"'이제 다시 안 올 거야. 더 이상 괴롭히지 않을게' 하고 돌아나오는데 그 직원이 슬쩍 나를 잡았다. '자료를 사는 건 어때?' 하고 묻더라."

그런 방법이 다 있냐고 물었더니 주선해 주겠다고 했다. 그래서 20여 쪽 되는 복사물을 400달러 정도를 주고 매수했다.

"자료를 받았는데 판독이 안 되는 거다. 무슨 학살이니 하는 낱말이 드문드문 보였다. 이 자료가 만들어진 게 1980년대 중후반으로 어림짐작할 뿐이었다. 이걸 파는 사람이 겁이 나서 그랬는지 출처를 확인할 수 있는 부분도 다 지워 버렸다.

친하게 지내던 베트남 친구한테 필사를 부탁했다. 그런데 이 친구가 약속한 날짜에 나타나지 않았다. 한 달 뒤 나타난 친구는 아무 말도 없이 필사본을 던져 주고는 가 버렸다. 그 뒤로 연락이 되지 않았다. 구수정은 자료를 펼쳐 보고서야 이해할 수 있었다. 그 친구가 왜 그러는지. 그 자료는 베트남전쟁 때 한국군이 베트남 민간인을 무차별 학살한 내용으로 가득 차 있었다. 베트남 인민군대 정치국에서 나온 「전쟁범죄조사보고서-남부 베트남에서 남조선 군대의 죄악」. 세상에 이토록 잔인한 짓들을 했다니…. 도무지 믿기지가 않았다.

카이! 카이! 외치는 피해자들

구수정은 학살 현장을 찾아 피해자들을 직접 만나야겠다는 결심을 했다. 하지만 어떻게 만나지? 빈손으로 갈 수는 없었다. 인삼차가 좋겠다고 생각했다. 그때만 해도 한국의 인삼차는 고급이었다. 한국으로 넘어와 경동시장에 가서 트럭 한 대 분량의 인삼차를 산 뒤 배편으로 베트남으로 보냈다.

다시 베트남에 돌아온 구수정은 뭐에 홀린 듯이 마을 마을들을 찾아다녔다. 그 당시엔 도로도 변변찮아 차로 들어갈 수 없는 마을도 많았는데 사진기에다 노트, 인삼차 등등 앞에도 배낭, 뒤에도 배낭을 메고 그 땡볕을 걸었다.

"하루에 세 마을을 가겠다고 다짐했다. 외국인은 마을에서 못 자니까 마음이 급했다. 대도시에 숙소를 잡고 마을을 가려면 아침 4시에 호텔 문을 나서야 했다. 그렇게 종종걸음으로 세 마을을 취재하고 마지막 마을을 나올 때쯤 되면 밤 열 시, 열한 시, 호텔 도착하면 새벽 한 시가 된다."

구수정이 찾은 대부분의 마을에서 그는 전쟁이 끝난 뒤 30년 만에 처음 그 마을에 들어간 한국인이었다. 구수정이 마을에 들어가면 순식간에 사람들이 몰려들었다. 그 많은 사람들이 너도 나도 "카이! 카이! 카이!" 하며 손을 들고 외친다. 베트남어로 카이는 '진술하겠다'라는 뜻이다. 중부 지방의 사투리는 제주 방언만큼이나 어려워서 베트남 사람들끼리도 잘 못 알아듣는다. 그런데 신기하게도 구수정은 그 말이 다 들렸다고 한다. 그들의 눈빛이, 손짓, 발짓, 몸짓이 다 말하고 있었다.

차마 믿기 어려운 끔찍한 이야기를 하면서도 그들은 인간에 대한 예의를 잊지 않는다. 불교가 국민 종교인 이 나라에서 승려 4명이 학살당한 린선사 사건을 목격했던 노스님도 그랬다.

"세숫대야에 물을 떠 오시길래 손을 씻으라고 하는 절 의식인가 했는데 그다음부터 음식을 내오기 시작한다. 손을 씻으니 새하얀 손수건을 내주고 음식을 먹으면 또 입을 닦으라고 물수건을 주시고 다 먹고 나니까 또 손을 닦으라고 새 물을 갖다주셨다. 한국군 학살 이야기를 하면서 가해자의 나라에서 온 한국인을 이리 살뜰히 대할 수 있는 건가, 내가 이런 대접을 받아도 되나 했다."

가끔 술을 권하는 분들도 있었는데 미안한 마음에 구수정은 그 술잔을 거절하지 못했다. 술잔을 주거니 받거니 하다 보면 술이 눈물인 양 가슴에 슬픔이 가득 차오르곤 했다.

"왜 그랬는지 모르겠는데 서로가 울면 안 된다고 생각한다. 말하는 사람도 내가 울면 안 되지 하고, 나도 이분들 앞에서 어떻게 울어? 하며 입술을 앙다물고 울음을 참았다. 그런데 꼭 어느 대목에선가, 엄마 이야기를 하다가, '우리 엄마가 이렇게 죽었어' 하고는 왈칵, 울음이 터진다. 근데 이분들이 하나같이 울면서 했던 얘기가 '울어서 미안해'였다. 내가 말을 잇지 못하고 울먹거리면 할머니들이 또 '아가, 아가, 내가 안다. 내가 다 안다.' 하면서 내 어깨를 토닥여 주셨다."

피해자들은 너무 많고 구수정은 혼자였다. 한 사람 한 사람의 이야기를 오래 들어줄 수 없었다. 그들도 이런 상황에서 자신의 이야기를 다 할 수 없다는 걸 안다. 그래서 말을 아주 빨리, 최대한 짧게 한다. "한국군이 들어왔어. 우리를 잡았어. 총 쏘고 수류탄 던졌어, 죽었어." 그런 이야기를 수백 명 반복해서 듣고 있는 게 너무 힘들었다. 말을 축약할수록 눈빛이나 표정은 더 강렬해진다.

어느 순간 귀가 들리지 않았다. 마을을 돌아다닌 지 스무 날이 지났을 때였다. 이젠 더 이상 못 듣겠다, 정말로 못 듣겠다 구수정은 속으로만 고함을 쳐 대고 있던 차였다.

"아마 극도의 스트레스 때문에 일시적으로 귀가 안 들렸던 것 같다. 처음으로 쉬었다. 그 참에 빈딘성박물관에 갔는데 거기서 상세히 정리된 한국군 민간인 학살 자료를 만났다."

그러고 나니 꾀가 났다. 맹호부대 주둔지였던 빈딘성의 성도 뀌년에서 가장 큰 학교 옆 문방구를 가서 노트를 수백 권 샀다. 다시 마을에 들어가 이번엔 노트를 나눠 주며 말하지 말고 적어 달라고 했다. 그들이 입을 달싹일 때마다 구수정은 겁이 났다.

연필심에 혀로 침을 묻혀서 글자 한 자 한 자를 꼭꼭 눌러쓰는 모습이 무슨 초등학생 시험 보는 것 같았다. 그런데 글을 모르는 이가 많았다. 글눈이 밝은 사람 앞에는 까막눈들이 길게 줄을 섰다. "나 좀 써 줘" 하면서 기다리는 사람들은 혹여 제 차례가 오지 않을까 초조하고 절박한 모습이었다.

"한 시간 동안 쥐 죽은 듯이 조용해진다. 그 노인네들이 엉덩이를 하늘까지 올리고 글을 쓰는 모습을 보는데 아, 갑자기 하늘이 무너지는 것처럼 슬퍼지더라, 그래도 그때는 들을 수가 없었다."

그래도 몇 사람의 이야기는 직접 들어야 했다. 구수정은 대표로 딱 두 분의 이야기만 듣겠다고 했다. 다시 또 모든 사람이 카이, 카이 하며 손을 들었다. 그중에 누군가 "우리 집은 일곱이 죽었어"라고 했다. 그러자 여기저기서 "우린 열 명", "우리 집은 열셋", "우린 열입곱이에요" 하고 아우성을 쳐 댔다. "열일곱이요?" 열셋과 열일곱의 가족을 잃었다는 피해자를 지목해 이야기를 듣는데 한 할머니가 손도 못 들고 구수정의 눈치만 보고 있었다. 행여 눈이라도 마주칠까 봐 구수정은 애써 할머니의 눈길을 피했다. 그리고 두 사람의 이야기만 듣고는 서둘러 마을을 빠져나오는데 그 할머니가 입을 삐죽삐죽하며 서성대고 있었다.

"따라오시는 거 알았다. 봉고차까지는 굉장히 먼 거리였는데 할머니가 그 먼 거리를 계속 따라오셨다. 나는 모른 척하고 걸음도 일부러 빨리 해서 막 갔는데 마음이 오죽했겠냐. 내가 종종걸음으로 빨리 걸으면 할머니도 빠르게 따라오다가 뒤돌아보면 할머니도 딱 멈춰. 이제 어떡할까 잠깐 고민하다가 아, 몰라 그러고 막 가면 할머니가 또 막 쫓아와, 그러다가 봉고차까지 쫓아왔는데 아, 저 할머니 어떻게 돌아가시나 걱정이 됐다."

봉고차에 올라탄 구수정은 빨리 출발하라고 운전사를 재촉했다. 차가 서서히 속력을 내기 시작하는데 할머니가 사력을 다해 뛰면서 차를 따라왔다. 기사한테 멈추라고 했다. 창문만 내리고 "할머니 왜요?" 했더니 할머니가 홱, 뒤를 돌아서더니 아무 말이 없었다. "할머니 말씀 안 하면 갈 거예요." 하면서 또 출발했다. 그런데 차가 움직이면 할머니가 또 따라 뛰었다. 이렇게 서너 번 하다가 화가 난 구수정은 차에서 내려서 할머니한테 따졌다.

"'할머니 말을 하라고요. 뭐하는 거냐고요.' 왜 그렇게 머리꼭지까지 화가 치밀었는지 모르겠다. 내가 왜 이 땡볕을 한정 없이 걷고 있는 거지? 언제까지 이 마을들을 돌고 돌아야 하는 거지? 내가 왜 수도 없이 고개를 조아리며 미안해 해야 하는 거지? 가슴 한편에 이런 억하심정을 품고 있었는지도 모를 일이다. 그동안 삭이고 삭였던 울화가 터져 나왔다. '할머니 나 죽겠다고요. 돌겠다고요.' 이러면서 막 터진 거다. '말을 해야지, 왜 말을 못해.' 이러면서 엄청 다그쳤는데 할머니가 '난 한 명만 죽었잖아.' 이러는 거다. 근데 '그 아이가 외아들이었어, 독자였어' 하는데 너무 기가 막혀 되레 소리를 질러 댔다. '한 명만 죽었다고 왜 말을 못해? 할머니한테는 그 한 명이 전부잖아!'"

구수정이 땅바닥에 주저앉아서 울기 시작했다. 자신도 모르게 신발 한 짝을 벗어서 땅을 막 치면서 엉엉 한참을 울다가 갑자기 할머니는 어디 가셨지? 싶어 옆을 봤더니 할머니도 신발 한 짝을 벗어 들고는 땅을 내리치면서 울고 있었다.

"저 할머니 뭐 하나 했더니 나를 따라서, 할머니도 갑자기 신발 한 짝을 벗어서 울고 있는 거였다."

그러다가 둘이 서로 마주보고서 웃음이 터졌다. "할머니 미안해, 너무 미안해." 구수정은 웃다가 또 울음이 터졌다. 그때 할머니가 따뜻하게 구수정 등을 토닥거렸다. "'내가 다 알아 내가 다 알아.' 그 할머니 지금 살아계시는지 모르겠다. 아마 돌아가셨을 거다. 그때 연세가 많았는데….'"

구수정은 그날이 가장 슬펐던 날이라고 했다.

학살 현장

'하미 학살' 피해자 고 팜티호아 할머니 무덤 앞에서 구수정 한베평화재단 상임이사가 얼굴을 감싸고 있다. 학살로 두 발목을 잃은 팜티호아 할머니는 "과거의 원한은 내가 다 짊어지고 갈 거야. 그러니 나 없어도 한국 친구들이 찾아오거든 잘 대해줘"라는 유언을 남겼다. 사진제공 〈한겨레〉 김진수 기자

구수정이 밝힌 한국 군인이 베트남 양민을 학살한 사실은 다음과 같다.

1964년부터 1973년까지 8년여 간 청룡·백마·맹호부대 등 총 31만 2,853명의 따이한이 베트남을 다녀갔다. 그중 4,687명은 한국으로 돌아가지 못했다. 이 기간 중 한국군은 모두 1,170회의 대대급 이상 대규모 작전과 55만 6천 회의 소규모 부대 단위 작전을 수행했다. 베트남전에서 한국군은 4만 1,400여 명의 적군을 사살했다. 그러나 이 밖에도 아직까지 알려지지 않은, 공식적인 통계로는 집계된 적이 없는 베트남 민간인들의 희생이 있었다. 베트남 문화통신부에서는 (아직 불완전한 통계라는 단서를 달고 있긴 하지만) 한국군에 의해 집단 학살당한 양민의 수를 대략 5천여 명으로 보고 있다. 그러나 구수정에 따르면 정작 학살 현장의 주민들은 이 수치를 신뢰하지 않으며, 정부가 정확한 진상 조사에 소극적이라며 노골적인 불만을 표하기도 했다. 주민들이 주장하는 숫자가 어떤 지역에서는 베트남 문화통신부가 공인한 수치의 배를 넘어서기도 했다.

가는 곳마다 믿기 어려운 증언이 이어졌다. 구수정이 그 당시 〈한겨레21〉에 전했던 한국군의 학살 만행 일부만 보면 이렇다.

"1965년 12월 22일, 한국군 작전 병력 2개 대대가 빈딘성, 꿔년 시에 있는 몇 개 마을에서 '깨끗이 죽이고, 깨끗이 불태우고, 깨끗이 파괴한다'는 구호 아래 12살 이하 22명의 어린이, 22명의 여성, 3명의 임산부, 70살 이상 6명의 노인들, 즉 민간인 중에서도 여성과 어린이, 노인들을 학살했다."

"랑은 아이를 출산한 지 이틀 만에 총에 맞아 숨졌다. 그의 아이는 군홧발에 짓이겨진 채 피가 낭자한 어머니의 가슴 위에 던져져 있었다. 임신 8개월에 이른 축은 총알이 관통해 숨졌으며, 자궁이 밖으로 들어내져 있었다. 남한 병사는 한 살배기 어린아이를 업고 있던 찬도 총을 쏘아 죽였고, 아이의 머리를 잘라 땅에 내동댕이쳤으며, 남은 몸통은 여러 조각으로 잘라내 먼지구덩이에 버렸다. 그들은 또한 두 살배기 아이의 목을 꺾어 죽였고, 한 아이의 몸을 들어올려 나무에 던져 숨지게 한 뒤 불에 태웠다. 그리고는 12살 난 융의 다리를 쏘아 넘어뜨린 뒤 산 채로 불구덩이에 던져 넣었다."

"한국군들이 마을에 들어가 주민을 체포하면 남자와 여자를 따로 나눴다. 남자는 총알받이로 데리고 나갔다. 여자는 군인들 노리갯감으로 썼다. 희롱하고 강간하는 것은 물론 여성들의 가장 신성한 부분에 불을 지르기도 했다."

"한국군들의 양민 학살 행위 유형은 무차별 기관총 난사, 대량 살육, 임산부 난자 살해, 여자들에 대한 강간 살해, 가옥 불지르기 등이었고 '아이들의 머리를 깨뜨리거나 목을 자르고, 다리를 자르거나 사지를 절단해 불에 던져 넣'고, '여성들을 돌아가며 강간한 뒤 살해하고, 임산부의 배를 태아가 빠져나올 때까지 군홧발로 짓밟'고, '주민들을 마을의 땅굴로 몰아넣고 최루 가스를 분사해 질식사시키'는 것 등이었다.

"창자는 밖으로 튀어나와 덜렁거렸고, 불에 타 누렇게 녹아내린 지방층에는 구더기들이 기어 다녔다.", "젖먹이까지 죽이고도 모자라 무덤조차 불도저로 밀어 버렸다.", "1번 A국도를 따라 채반을 들고 갈기갈기 찢겨져 흩어진 살점과 뼛조각을 주우려는 사람들이 줄을 이었다."(구수정, 〈한겨레21〉 273호)

베트남전쟁에서 한국군이 학살한 베트남 민간인은 모두 9천여 명으로 추정한다. 인간으로서 감히 상상할 수 없는 죄악이었다. 이런 사건은 멀리는 1948년 제주4·3항쟁 때 일어난 민간인 학살, 1950년에 일어난 6·25전쟁 때 이승만 군대의 보도연맹원 학살, 가깝게는 1980년 광주항쟁 때 되풀이됐다. 이 모든 학살에는 공통점이 있다. 빨갱이라는 이유였다. 빨갱이면 갓난아이도, 임신한 여성도, 노인도, 그렇게 죽여도 되나? 아무나 죽인 뒤 빨갱이라고 한 건 아닌가? 아니 빨갱이면 그렇게 죽여도 되나?

구수정은 1999년 5월 〈한겨레21〉에 '아 몸서리쳐지는 한국군'이라는 기사로 베트남전 한국군 민간인 학살을 처음 폭로했고 〈한겨레21〉 베트남 종단 특별 르포 '베트남의 원혼을 기억하라' 등으로 한국군 학살 기사를 연이어 내보냈다. 2000년 6월 27일 2,400명의 베트남 고엽제전우회 회원들이 한겨레신문사에 쇠파이프와 각목을 들고 난입해서 신문사의 윤전기, 사무 집기, 16만장에 이르는 서류를 불태우고, 간부들도 감금하고, 송전을 차단해 업무를 중단시키는 사건이 벌어졌다. 당시 구수정은 베트남에 있었는데, 그녀의 집 골목 담벼락마다 빨갱이라는 등 욕설을 스프레이로 뿌려놓고 집 앞에 염산 통을 갖다 놓기도 했다는 전화를 받았다. 그런데 한국을 가야 할 일이 생겼다.

"한국에 올 수 없는 상황이었지만 어려서부터 키워 준 할머니가 위독해서 임종 전에 할머니를 뵈려고 귀국을 감행했다. 한겨레에서 신변 보호 요청을 했다. 공항에서는 가장 먼저 대통령이 나가는 출구로 빠져나갔고 집 입구에서부터 경찰 차벽 사이로 집에 들어갔다. 5분만 보고 나오라고 재촉해서 30분 정도 뵙고 나왔다."

장례가 끝나고 한국 정부는 빨리 베트남으로 돌아가라고 했다. 그런데 베트남에 있는 한국 공관은 여기 너무 위험하다고 오는 걸 꺼렸다. 국제 미아가 되는 듯했다. 그때 프란치스코 수도회에서 연락이 왔다. '상황이 어려운 걸로 알고 있는데 우리 수도원에 와 계시라'고 했다. 구수정은 그곳에서 한 달가량 머물렀다.

한베평화재단

그 뒤 한국에서는 열네 개 시민단체가 모인다. 유시민, 한홍구, 차미경 등이 모여 베트남전진실위원회가 만들어졌다. 구수정은 베트남에 사회적 기업 '아맙'을 만들었고 한국에 '아시아공정무역네트워크'를 만들었다.

함께하는 이들이 생겼지만 베트남 문제를 구수정 혼자 붙들고 있었던 시간이 많았다. 모든 이들이 베트남 문제를 껴안고 10년, 20년 계속 갈 수 없었다. 구수정은 버거웠다. 앞으로 혼자서 이 문제를 지고 갈 수 없을 거라는 생각이 들었다. 그런데 당장 이 문제에 손을 놔 버리면 20년, 30년 묻혔다가 또 누군가가 다시 시작해야 될 거 같아서 재단을 만들어야겠다는 생각을 했다.

처음 재단을 만들 때 맨손이었다. 구수정 자신도 재단이 쉽게 만들어질 거라고 믿지 않았다. 어쨌든 필요하니까 부닥쳐 보겠다는 생각이었다. 같이 할 수 있는 사람 100명을 적고 전화를 걸기 시작했다.

"명단에 적은 분들 얼굴도 본 적 없었지만 무턱대고 전화를 걸기 시작했다. 대여섯 번 전화 드리고 만날 준비도 했다. 그런데 그럴 필요가 없었다. 전화를 걸자마자 '그동안 참 많이 미안했는데 제가 뭘 할 수 있을지 모르겠지만 일단 이름이라도 걸어 달라'고 했다. 감동이었다."

누군가 시작하기만 바랐던 것일까. 대부분이 부채감이 있었을지도 모른다.

만나기 어려운 사람한테는 일단 메일을 보냈다.

"내가 정말 딱 할 얘기만 썼다. 왜냐면 너무 부담스러우니까. '저는 한베평화재단을 만들고 있고' 하는 정말 몇 줄 안 되는 딱

할 말만 요약한 아주 건조한 메일을 보냈다. 그런데 너무너무 부드러운 답장이 왔더라. 그때 그분은 외국에 나가 계셨는데 '여기는 단풍이 지고 있습니다. 저를 만나시려면 며칠 날은 어디가 좋고 며칠 날은 어디가 좋고 그것도 안 되면 이렇게 하시면 되고.' 나중에 한국에 오셨을 때 만났는데 그 자리에서 바로 추진위원으로 동의를 해 주셨다."

아맙, 아시아공정무역네트워크, 그리고 한베평화재단을 만들 때 구수정 둘레엔 많은 사람이 있었다. 처음 아맙을 만들 때는 "어쩌겠냐 니가 하겠다는데" 하면서 천만 원을 바로 낸 사람도 있다. 일주일 만에 일 억을 만들었다. 아맙은 조금 쉽게 만들었다. 그런데 공정무역을 하려면 한국에 기업이 있어야 했다. 그래서 한국 기업을 만들 때 또다시 7억을 모금해야 했다. 그렇게 해서 아시아공동네트워크를 만들었다.

"가난한 분인데 2천만 원을 낸 분도 있다. 아시아공동네트워크는 내가 알고 있던 사람들 모두 동원해서 돈을 만든 거다. 그런데 또 한베평화재단을 만들어야 했다. 그때는 너무 부담이 됐다. 근데 어떻게 해? 돈 낸 사람한테 또 내라고 한 거지. 그분들이 또 내 주셨다."

재단이 만들어지고 나서 활동이 더욱 활발해졌다. 한베평화재단과 〈한겨레21〉은 2018년 베트남 중부 꽝남성의 약 20개 마을을 직접 답사해, 한국군 학살 희생자 추모 위령비, 위령관, 묘지, 학살 현장들을 안내하는 구글 지도를 만들었다. 한국 군인이 민간인을 가장 많이 학살한 중부 지역 다낭, 호이안, 하미 마을, 퐁니 퐁넛 마을은 모두 한 시간 이내 거리에 있다. 꽝남순례길 1코스는 1968년 1~2월 호이안 인근 마을에서 베트남전 파병 한국군 청룡부대가 민간인들을 학살한 3개 사건을 기억하고 희생자들을 추모하는 길이다. 베트남 중부 5개성(꽝남성, 꽝응아이성, 빈딘성, 푸옌성, 카인호아성)에서 발생한 한국군 민간인 학살 희생자 수는 약 9천 명 이상이며 이중 꽝남성에서만 약 4천 명이 희생된 것으로 추정하고 있다.

"1년이면 천만 명이 넘는 한국 사람들이 다낭을 간다는데 그들 중에서 몇 명이 30분 거리에 학살 지역이 있다는 걸 알겠는가. 그런데 요즘은 학살 현장에 있는 꽃집에 사람들이 많이 와서 꽃을 산다고 그러더라. 그리고 이렇게 찾아왔던 분들이 고맙다고, 우리가 이런 곳을 한번은 가 보고 싶었는데 덕분에 너무 쉽게 잘 다녀왔다고 인사한다. 재단이 있기 때문에 할 수 있었던 일이 아닌가 싶다."

뒷이야기

한베평화재단은 옥수역에서 10분 거리에 있는 건물 4층에 있다. 한 독지가의 도움으로 보금자리를 마련할 수 있었다고 한다. 한베평화재단은 작년에 만들었는데 워낙 활발하게 활동해서 그런지 오래된 것처럼 느껴졌다.

구수정은 한국군 민간인 학살 문제를 만나면서 고충을 겪기도 했다.

"한때 베트남에 진출한 대기업에서 일하면서 경제적으로 꽤 여유가 있는 삶을 살았다. 베트남에서 6층짜리 주택을 임대해 한국에서 유학 온 학생들도 거두고 한국인 방문자들을 먹이고 재우고 지원도 하고 그랬는데 민간인 학살 문제가 터지자 일자리가 뚝 끊겼다. 임대료를 못 내다가 결국 전기, 수도가 다 끊어지고 집에서 쫓겨나는 경험도 했다. 한 달에 1달러도 벌지 못하는 세월이 제법 길었다."

그러나 후회는 없다. 한평생 살면서 올바른 일로 인생을 걸 수 있다는 건 얼마나 행운인가!

구수정 이사는 요즘 너무 바쁘다. 올해는 베트남에서 하미학살 50주기 위령제를 한다. 한베평화재단은 위령제 참배단을 모집하고 있다. 3월 8일부터 13일까지 5박 6일 일정이다. 하미에서만 한국군에 희생당한 민간인이 135명이나 된다. 하미학살, 빈안학살 등 해마다 마을에서 한국군에 의해 한날한시에 죽은 이들을 기리는 '따이한 제사'를 지내는 곳들이 있다.(따이한한테 죽임을 당했다고 해서 '따이한 제사'라고 한다.) 베트남에서는 합동 제사를 지내고 마을 주민 전체가 음복을 하는 전통이 있지만 그동안 제사비용과 음복연 비용이 없어 제사를 거르는 해가 많았다고 한다. 2018년에는 50주기 위령제를 맞는 지역들에 100만 원씩 지원할 계획을 가지고 있다.

올해 4월 21일부터 22일에는 베트남전쟁 시기 한국군에 의한 민간인 학살 진상 규명을 위한 시민평화법정이 열린다. 학살 피해자인 베트남인이 원고가 돼 한국 정부를 피고석에 앉히고, 학살의 책임을 묻는 법정이다. 현재 시민평화법정을 준비하기 위해 후원금을 모집하는 '만만만' 캠페인을 하고 있다. '만만만'이란 '만 일의 전쟁, 만 인의 희생, 만 인의 연대'라는 뜻이다.

우리는 미국과 일본한테 전쟁 범죄를 사죄하라고 요구한다. 미군의 노근리 학살, 일본군 성노예 문제의 모든 진상을 밝히라고 요구한다. 그러려면 우리 자신의 과오부터 돌아보고 베트남전의 피해자들에게 사과하고 배상해야 한다. 그리고 또 다른 피해자인 한국 참전 군인들에게도 똑같이 피해보상을 해야 한다. 박정희가 저지른 일이었지만 그 책임을 국가가 져야 한다. 그리고 전쟁 범죄는, 아니 앞으로 영원히 전쟁은 일어나서는 안 된다. (2018)

박경석 노들장애인야학 교장, 장애인의 자유로운 이동권을 외치다

—

아저씨 이름이 이동권이에요?

아저씨 이름이 이동권이에요?

"그때까지만 해도 나는 사람이 휠체어를 타고 평생을 살아갈 수 있다는 것은 상상도 못했다."

노들장애인야학 교장 박경석 씨가 쓴 책 『지금이 나는 더 행복하다』(책으로여는세상, 2013) 첫 장에 적힌 글이다. 그날은 1983년 8월 7일이다. 사고가 있기 전까지는 해병대 출신의 팔팔한 젊은이였다.

박경석 씨는 현재 전국장애인차별철폐연대 상임공동대표이자 노들장애인야학 교장으로 활동하고 있다. 장애인 인권을 한 차원 높였다고 평가받는 외골수로 알려져 있다.

박경석 씨를 만난 날은 집회가 두 번 있는 날이었다. 한 번은 종로구청 앞에서 또 한 번은 충정로 사회보장위원회 건물 앞에서. 집회 두 번이 끝나고 다시 대학로 사무실로 와서 인터뷰를 진행했다. 줄곧 내리는 비를 맞고 집회를 참석해서 그런지 박경석 씨 목이 많이 잠겨 인터뷰를 오래 하지 못했다. 하지만 그이의 삶을 충분히 들어 볼 수 있었다. 장애인 운동의 역사와 함께 박경석 씨의 삶을 추적해 본다.

세상일에 무관심했던 청년

박경석은 1960년 대구에서 5남 2녀 가운데 4남인 쌍둥이로 태어났다. 부모님은 독실한 기독교 신자였다. 아버지는 장로, 어머니는 권사였다. 아버지는 평양에서 월남해 염색공장으로 자수성가한 분이다. 하지만 자식들에게 자기 용돈을 스스로 벌어 쓰게 했다. 어느 날은 용돈 대신에 옷을 만드는 실을 주기도 했다. 박경석은 그 실을 교복집에 내다 팔아 용돈을 벌기도 했다. 어릴 적 꿈은 외항선원이었다. 활달하고 모험심이 무척 강해서 말썽도 많이 피웠다. 먼 훗날 쌍둥이 형은 선교사가 됐고 남동생은 목사가 될 정도로 신앙이 깊은 집안이었다. 하지만 박경석은 유아세례를 받고도 일요일에 교회를 가지 않는 유일한 말썽꾸러기(?) 자식이었다.

1979년, 박경석은 영남대에 입학했다. 10·26이 일어나고 정치적 소용돌이가 일었지만 박경석은 "이 틈에 북한이 쳐들어오면 어쩌나?" 잠깐 걱정할 정도였다. 그는 클래식기타와 농구에

푹 빠져 '학점을 빵꾸낼 만큼' 세상일에 무심한 '날라리' 청년이었다.

대학 1학년 때 일주일 동안 군사훈련을 받아야 했다. 하지만 박경석은 훈련을 가지 않았다.

"의식이 있어서 거부한 게 아니라 노느라고 안 갔어요. 1980년 당시 광주민주화 운동이 일어나 독재정권에 반발하며 군사훈련을 거부하는 대학생들이 많았는데 저는 그런 이유로 거부한 건 아니었어요. 단지 군사훈련을 받기 싫었던 거죠."

박경석은 강제징집 명단에 이름이 올라가게 되는데 강제로 징집되기는 싫었다.

"그때 군대에서 일주일 훈련을 안 받은 사람들 다 잡혀갔죠. 나도 꼼짝없이 잡혀갈 상황이 됐어요. 이왕 갈 거면 해병대를 가자, 그래서 해병대를 지원하게 됐고…."

박경석은 무사히 해병대 복무를 마치고 1983년 초에 복학을 한다. 호기심이 많고 활동적이던 박경석은 무슨 동호회라도 들어야 했다. 해병대에서 낙하산을 탄 경험이 있는 박경석은 행글라이더 동호회를 들어갔다. 하늘을 나는 그 짜릿한 해방감은 그 무엇에 견줄 수 없었다.

그해 8월 7일. 주일날이었다. 어머니가 교회를 가야 한다고 박경석을 잡았지만 그날은 1982년 제1회 한국 행글라이딩 대학생 선수권대회가 열리는 날이었다. 몰래 집을 나와 토함산으로 갔다. 2인 1조.

"행글라이더가 무겁고 크기 때문에 두 명이서 행글라이더 하나를 들고 산을 올라야 했어요."

정상에서 선배가 먼저 행글라이더를 타려다가 이륙도 하기 전에 나무에 처박혔다. 다행히 선배는 다치지 않고 행글라이더도 크게 고장 나지 않았다.

"선배가 불안해서였는지 타지 않겠다고 하더군요. 그런데 무더운 여름날 그 무거운 행글라이더를 지고 다시 내려갈 생각을 하니 막막했어요." 요령을 부린 게 화근이었다. 그는 조금 부서진 행글라이더를 대충 고쳐서 토함산 하늘을 향해 비상했다. 짜릿한 기분이 들었는데 행글라이더는 굉음을 내면서 무서운 속도로 떨어지기 시작했다. 순식간에 산속으로 처박혔다. "아찔했어요. 떨어지는 순간 정신을 잃어 어느 높이에서 떨어졌는지도 몰라요."

눈을 떠 보니 응급차 안이었다. 정신이 들었지만 허리 아래가 묵직했다. 아무런 감각이 없었다. 이후 그는 서울대학교 병원에서 6개월 동안 치료를 받아야 했다.

박경석은 사고 후 처음으로 휠체어를 타고 서울대병원 뒤 정원에 나갔던 기억이 생생하다. 『지금이 나는 더 행복하다』에 이렇게 썼다.

"울퉁불퉁한 보도블록 위로 휠체어를 타고 지나가는데 온몸이 요동치면서, 아직 내 몸의 한 부분으로 느껴지지 않는 가슴 아래쪽 몸 덩어리가 경련과 고통으로 나를 괴롭혔다. 나지막한 턱 앞에서도 꼼짝 못할 때는 나바론 요새 앞의 절벽에 서 있는 것 같은 절망감이 나를 무참히 짓밟았다."

6개월 뒤 퇴원했다. 부모와 함께 살면서, 그는 어떻게 죽을 것인가 하는 생각만 하고 있었다. 하염없이 울던 여자친구도 떠나보냈다.

"새벽이면 모친은 무감각한 내 발을 잡고 눈물 흘리며 기도하셨어요. 그럴 때면 '한 달만 살고 죽어도 좋으니 옛날처럼 걷고 싶다'라며 속울음을 울었어요."

집은 아파트 1층이었지만, 출입구에 장애인을 위한 경사로가 없고 계단만 있었다. 서너 살 먹은 아이도 올라갈 수 있는 계단. 그 계단은 혼자서는 빠져나올 수도 들어갈 수도 없었다.

5년 동안 두문불출

하루아침에 장애인이 돼 버린 그는 현실을 받아들일 수 없었다. "하루하루가 무감각했어요. 내가 무엇을 하고 싶은지 왜 사는지도 알 수 없었죠." 그는 휠체어를 타고 바깥세상으로 나갈 용기가 없었다. "내 몸 하나 제대로 가누지 못하는 모습을 다른 사람에게 보여 주기 싫었죠."

그는 자괴감에 빠져 하루하루를 겨우 살아갔다. "하루 종일 집에서 텔레비전만 보고 있었어요. 무감각했고, 시간은 정말 느리

게 지나갔어요. 5년 동안 그러고 지냈죠." 그는 죽고 싶은 심정이었다. 끝내 그는 자살을 생각했다. "집에는 부모님이 계셨기 때문에 차마 집에서 죽진 못하겠더라고요. 대신 고향인 대구에 내려가 죽을 것을 각오했어요."

하지만 그는 대구까지 내려갈 차비가 없었다. 어떻게 차비를 마련할까 고민하던 중에 매형이 그에게 성경을 100번 읽으면 용돈을 주겠다고 제안했다. 그는 그렇게 '죽기 위해' 성경을 읽어 나가기 시작했다.

"우리 집안이 기독교 집안이라 사실 뭐 특별히 새롭다 느낀 건 아닌데, 이 성경을 100번을 채우려니 목표가 생겼어요. 맨날 텔레비전만 보면서 무감각 상태에 있다가 요거 빨리 읽어 가지고 빨리 죽어야겠다는 욕심이 생기더라고요.(웃음) 그렇게 할 '일'이 있다 보니 시간이 가더라고요."

성경을 100번씩 읽다 보니 대학생성경읽기선교회(이하 UBF) 모임에 자연스럽게 나가게 됐다. 여름이 찾아왔고 그는 UBF 여름수련회를 가게 됐다. 그는 수련회에서 용기를 내 그가 겪은 고통과 상처에 대해 사람들에게 털어놓았다. 어느 정도 마음의 상처를 치유받을 수 있었다. 이후 수련회에서 그의 얘기를 들은 한 여성이 그에게 영어를 가르쳐 주고 싶다며 편지를 보내왔다.

"서울대 대학원 영문과를 졸업한 사람이었는데 주말마다 집에 찾아와 저에게 영어를 가르쳐 줬어요. 가끔씩 맛있는 밥을 사 주기도 했죠."

그런데 당시 독일에 유학 중이던 형이 잠시 귀국해 집에 들렀다. 집에서 그녀를 본 형은 첫눈에 반했다. 그날 밤 박경석에게 '그녀와 결혼해도 괜찮겠냐' 하고 물었다. 다음 날 형은 교회에 같이 나가 그녀에게 구혼했다. 사흘 만에 이뤄졌다. 형 부부는 모두 교수가 됐다.

"제 영어 선생님이었던 분이 형수님이 되니까 재밌었어요. 덕분에 인생을 살아가는 게 즐거운 일이라는 사실을 다시 깨닫게 됐죠."

그이는 그렇게 다시 세상으로 조금씩 발을 내딛었다.

장애인의 세상살이

박경석은 뭐라도 하고 싶었다. 돈을 벌어서 어머니한테 용돈이라도 드리고 싶었다. 1988년 5년 만에 집에서 나왔다. 밖으로 나오니 세상은 사고 이전과 많이 달랐다. 비장애인이었을 때는 느끼지 못했던 것들이 비로소 느껴지기 시작했다.

"아무래도 이동하는 게 가장 불편했죠. 하지만 그건 물리적으로 불편한 것이었고, 무엇보다 사람들의 시선이 가장 불편했어요."

그가 장애인이 되니 아무래도 장애인들을 많이 만나게 됐다.

"장애인이 되고 나서 우리나라에는 수많은 장애인이 함께 살아가고 있다는 사실을 알게 됐어요. 한국에만 약 251만 명의 장애인들이 살고 있다는데, 도대체 그 많은 장애인이 어디에 숨어 있는지 궁금했죠."

그가 보기에 사회는 도저히 비장애인과 장애인이 더불어 살아갈 수 없는 환경이었다. 당시에는 엘리베이터가 없는 건물이 대다수였고, 버스와 지하철에도 장애인을 위한 시설은 없었다. 무엇보다 장애인을 피하려고 하는 사람들의 인식이 문제였다. "복지도 형편없고, 사람들도 싫어하는데 어떤 장애인이 밖에 나오는 걸 좋아하겠어요. 251만 명의 장애인들이 왜 여태까지 숨어 있었는지 알겠더라고요."

박경석은 서울장애인복지관 직업훈련원에 컴퓨터를 배우러 들어갔다. 당시엔 컴퓨터가 미래 유망 직종이라고 했다.

"근데 웬걸! 인생이 줄을 잘 서야 된다고, (웃음) 거기서 만난 친구들이 장애인 운동권이었죠. 당시 '88서울장애자올림픽대회'가 생색내기용 겉치레라고 항의하면서 올림픽조직위를 점거했던 (박)홍수 형이 있었어요."

박홍수는 현장을 조직해 신념으로 박경석과 정태수가 다니고 있던 서울장애인복지관에 동문 자격으로 후배들을 만나러 왔던 것이다. 박홍수는 88서울장애자올림픽대회 당시 '몇몇 불량하고 빨간(?) 장애인들과 함께 올림픽조직위원회를 점거'했다. 박홍수는 곧바로 경찰에 끌려 나와 무지 박살났다는 무용담을 두 사람에게 전해줬다.

"그 당시 나는 술 먹으면서 '왜 그랬을까?' 의문이 들었어요. 별로 가깝게 지내고 싶지 않았죠. 이 사람에게 잘못 걸려들면 인생이 빨갛게 되거나 아니면 지금의 탈레반처럼 테러리스트가 되겠구나 생각하며 무지 경계했죠. 그래도 맛있는 술은 열심히 얻어먹었어요." 박흥수는 거의 매일 찾아와 후배들에게 술을 사 주면서 장애인의 삶에 대해 이야기하며 데모하자고 꼬드겼다. 술 사 주면서 조직하는 것을 '약물치료'라고 했다.

"흥수 형은 이른바 운동권 용어로 활동가가 현장에 내려가 조직활동하는 '하방'을 하면서 열심히 후배들을 약물치료했죠. 나와 태수는 흥수 형의 '하방' 기간에 '약물치료'에 걸려들어서 인생이 달라지기 시작했어요. 태수는 고등학교 졸업하고 직업훈련원에 들어왔는데 나중엔 술만 먹으면 '가슴이 빠개지도록…' 어쩌고, 운동권 노래만 했죠."

복지관 점거투쟁

정태수는 금방 운동권이 돼 갔다. '가슴이 빠개지도록 사무치는 이 강산에, 머리끝에서 발끝까지 거부한다던, 복종을 달게 받지 않겠다던~~'이라는 민중가요를 돼지 멱따듯 부르면서 다녔다.

처음엔 경계하던 박경석도 서서히 물들어 갔다. 복지관을 졸업한 뒤 정태수와 같이 동문회 활동을 시작했다. 박흥수는 동문회장, 박경석은 부회장, 정태수는 조직부장을 했다. 복지관을 졸업한 해에 이 세 사람은 복지관 점거투쟁을 감행했다. 복지관에서 취업시키는 훈련생들의 현실이 너무나 참혹했고, 서울시에 보고하는 취업률도 허구였기 때문이다. 결론부터 말하자면 그 투쟁은 실패로 돌아갔다. 그 사건을 계기로 박흥수, 정태수, 박경석은 집 앞 정자에 모여 술 한잔하면서 '도원결의'가 아닌 '정자결의'를 했다. 장애해방의 그날까지 언제나 함께하는 동지로 살아가자고.

정립회관

워커힐 가는 길목 산중턱에 정립회관이라는 장애인 복지관이 있었다. 한국소아마비협회가 만든 국내 최초의 장애인 이용 시설이었다. 장애인들이 체육활동과 자조모임 같은 프로그램에 참여하기 위해 자연스럽게 모였다. 세 사람은 늘 그곳에서 살다시피 했다.

1987년 6월항쟁으로 한국 사회에 민주화의 열망이 들불처럼 번져 갔을 때 장애인 운동도 그 영향을 받았다. 장애인 문제를 사회가 풀어야 할 구조적 문제로 생각하기 시작했다. 이곳에 모인 장애인들에게도 집단의식이 싹텄고 동아리가 하나둘씩 생겨

났다. 울림터도 그런 동아리 중 하나였다. 울림터의 활동가들은 '장애인고용촉진법 제정'과 '심신장애자복지법 개정'을 제기했다. 일정 규모 이상의 사업체에 장애인 고용을 의무화하라는 것과 생계의 의료 지원 등을 확대하라는 것이었다. 이 투쟁을 거치면서 활동가들은 장애인 운동을 사회변혁운동의 한 영역으로 설정하고 1991년 서울에서 장애인운동청년연합회(장청)를 출범시킨다. 전국적인 조직을 만드는 데는 실패했지만 두 번째 계획으로 장애대중을 의식화하고 조직화하기 위한 야학을 준비했다.

야학 준비 모임이 한창이던 1993년 4월, 정립회관 비리 문제로 점거농성이 벌어졌다. 38일 동안 농성해 관장이 교체됐다. 그해 8월 8일, '노들야학'이 탄생했다. '노들'은 노란 들판을 줄인 말이다. 학생이 11명, 교사가 11명이었던 이 작은 학교의 교훈은 '밑불이 되고 불씨가 되자'였다. 장청은 협상 과정에서 탁구장 한편에 장애인 야학의 교육 공간을 마련할 수 있었다. 그리고 장청은 야학의 개교와 함께 전국장애인한가족협회(전장협)로 통합됐다. 이런 과정에서 박홍수와 정태수는 중요한 역할을 수행했다.

박경석은 그들을 도와주면서 숭실대를 다니고 있었다. 사고 때문에 못 다닌 대학을 졸업하고 싶어 정태수와 같이 입시공부를 했는데 정태수는 입시에 떨어지고, 박경석만 합격했다. 1991년에 숭실대 사회사업학과를 들어갔다.

박경석은 대학을 졸업한 뒤 대학원에 진학했다. 그러다가 아는 사람 소개로 성남장애인복지관에 총무과장으로 취직했다. 하지만 복지관 생활은 결코 쉽지 않았다. 집을 나서기까지 어머니가 온갖 신변 처리를 도와줬다. 잘 다녀오라며 손을 흔들어 주는 어머니의 모습을 바라볼 때마다 박경석은 안타까운 마음이 들었다. 힘들어도 월급을 받아서 어머니에게 생활비를 드리고 싶어 그만둘 수가 없었다.

박경석은 복지관보다 야학 일을 도와주고 노들 사람들을 만나서 술 한잔 마시는 게 더 좋았다. 복지관 일을 마치면 부리나케 노들야학으로 달려갔다. 복지관에서는 마뜩지 않아 했다. 일을 시작하고 1년이 돼 갈 즈음에 복지관은 박경석에게 노들야학을 그만두고 좀 더 직장에 충실해 온몸과 마음을 바칠 것을 주문했다. 게다가 야학 교사들도 박경석에게 노들 둘레에서만 맴돌지 말고 노들야학 교사로 일해 줄 것을 닦달(?)했다. 박경석은 고민했다.

"내 나이에 돈을 목적으로 일을 한다면 복지관에서 가장 잘되어 봤자 관장이 되는 것일 텐데, 관장이 된다면 얼마나 벌 수 있을까? 정년까지 충성을 다해서 일한다고 해도 벌 수 있는 돈이 수억을 넘지 못할 것 같았다. 장애인의 복지를 위해 일한다는 나름의 기쁨과 의미도 있었다. 가시밭길이 뻔히 내다보이는 노들야학으로 갈 것인가? 며칠을 고민했다. 내 인생에서 진짜 남는 것이 무엇일까 생각해 봤다. 결국 노들을 선택했다."

박경석은 1994년 8월부터 야학 교사를 시작했다. 그리고 1996년 9월 교사 대표를 거쳐, 1997년 6월에 '교장'이 됐다. 교장이 된 사연은 이렇다.

1, 2대 교장이 사정 때문에 그만두고 1994년 9월부터 자리가 비어 있었다. 누가 교장을 맡을 것인지 고민이 깊어졌다. 집행부에서는 변호사나 교수처럼 사회 명망가를 교장으로 모시자는 의견을 내고 논의했다. 하지만 어느 누구도 맡을 생각을 하지 않았다. 어느 날 박경석이 야학 교사들에게 소심하게 말했다.

"내가 노들야학 교장 하면 안 될까?"

"그래? 하고 싶으면 해 봐."

아무도 하려 하지 않고, 누가 하든 관심도 없고, 돈은 만들어야 하고, 그러면서도 욕은 무지 먹을 것 같은 노들야학 교장은 그렇게 시작됐다. 장애인 역사가 새롭게 쓰이기 시작했다.

그 무렵 에바다 투쟁이 벌어졌다. 경기도 평택시 진위면에 있는 에바다복지회가 운영하는 에바다학교와 에바다농아원과 에바다장애인종합복지관에서 온갖 비리와 인권유린이 벌어졌다. 그들이 저지른 비리는 가히 종합판이었다. 유령 직원, 이중 등록된 원생, 사망하거나 퇴소한 아이들까지 그대로 인원으로 잡아서 지원금을 타 썼다. 노들야학 박경석 교장은 그 투쟁에 함께했다.(에바다 사태는 2003년이 돼서야 정상화된다.)

장애인의 인권 의식이 분출되면서 이곳저곳에서 사건이 터졌다. 1995년 3월 8일엔 최정환이 서초구청의 노점 단속에 항의하며 분신자살했다. 전국장애인한가족협회가 민중운동단체들과 함께 화염병을 던지며 격렬하게 투쟁했다. 또 1995년 11월 25일,

이덕인(지체장애 6급) 씨가 노점철거반대투쟁 기간에 인천 아암도 해변에서 두 손목과 양팔이 포승줄로 묶인 변사체로 발견되자 전국장애인한가족협회가 중심이 되어 진상규명을 요구하며 인천과 서울에서 격렬하게 거리투쟁을 전개하였다. 오이도대책위는 그해 4월 20일 '장애인이동권쟁취를위한연대회의(이하 '이동권연대')'로 바뀐다.

이동권 투쟁

야학에서는 처음엔 주로 검정고시 위주로 공부했다. '쓸모없고 무능한 존재'라고 낙인찍혀 감옥 아닌 감옥에 갇혀 있던 장애인들이 세상에 나오기 시작했다. 집 안에서만 있을 때는 '문제'가 뭔지 몰랐다. 노들야학의 교실은 중증장애인의 고민과 상처를 드러내고 치유하는 공간이 됐고, 권리의식이 분출되는 뜨거운 현장이 돼 가고 있었다. 사회 민주화와 함께 장애인들 권리의식도 점점 싹트기 시작했다.

1999년 6월 28일, 지하철 4호선 혜화역. 이규식 학생이 전동 스쿠터로 조작해 리프트를 타다가 그만 앞바퀴가 리프트 바깥으로 나가 버렸다. 앞바퀴를 막아 줄 안전판이 제구실을 못한 것이다. 그는 스쿠터와 함께 계단으로 곤두박질쳤다. '아, 이렇게 죽는구나' 했지만 불행 중 다행으로 그는 전치 3주의 부상을 입는 데 그쳤다. 확인 결과 리프트는 1988년 장애인올림픽이 열렸을 때 보여 주기식으로 처음 설치된 뒤 한 번도 안전점검을 받지 않았던 것이다. 관리 규정조차 제대로 만들어 놓지 않았다. 1999년 8월, 노들야학은 이규식과 함께 서울시 지하철공사를 상대로 손해배상소송을 제기함으로써 법정투쟁에 들어갔다.

이듬해 5월, 법원은 이규식에게 보상금 500만 원을 지급하라는 판결을 내렸다. 노들야학은 자신의 문제를 법정에 세움으로써 장애인의 이동권을 보장받는 첫 번째 사례를 만들었다. 지하철 공사에게 그 책임을 물은 위대한 첫걸음이었다. 이 사건으로 노들야학에는 전례 없는 대중적 투쟁이 만들어졌다. 그 뒤 혜화역은 엘리베이터를 양방향으로 설치했다. 지금 노약자, 또는 건강한 사람이 다쳐서 걷기 힘들 때 타는 지하철 엘리베이터는 이때부터 본격 만들어지기 시작한 것이다.

서울역 점거투쟁

2001년 1월 22일 오이도역에서 고재영, 박소엽(지체장애 3급) 씨 부부가 역사 내 리프트를 타고 가다가 7미터 아래로 추락한다. 이 사고로 남편은 중상을 입고 아내는 사망한다. 이때부터 이동권 투쟁이 시작됐다. 2월 6일 서울역 광장에서 100여 명이 참여한 가운데 규탄 집회를 개최한 다음 장애인 수십 명이 지하철 1

호선 서울역 플랫폼으로 내려갔다. 절반은 휠체어를 타고 있었다. 열차 한 대가 들어왔지만 이들은 아무도 타지 않았다. 열차가 출발하고 플랫폼을 빠져나간 직후 박경석과 몇 명의 장애인이 야학 교사들의 도움을 받아 선로 아래로 내려갔다. 누군가 구호를 외치기 시작했다.

"더 이상 죽을 수 없다! 장애인 이동권 보장하라!"

"장애인도 인간이다! 인간답게 살고 싶다!"

잠시 후 다음 지하철이 도착한다는 신호음이 울려 퍼졌다. 사람들이 점거한 곳은 열차가 평상시에 정차하는 곳보다 앞선 지점이라 열차에 치일 염려는 없었다. 하지만 이들의 가슴은 두근거렸다. 곧이어 열차가 역사 안으로 들어섰다. "삐액!" 열차는 경적을 올리며 선로 위에 버티고 있는 사람들 앞에 서서히 멈춰 섰다. 강렬한 헤드라이트가 이들의 모습을 비췄다. 30년 동안 방구석에 갇혀 있던 장애인들의 분노와 절망도 세상 앞에 그 모습을 드러냈다. 이날 지하철 1호선이 30분간 운행을 멈췄다. 서른두 명이 연행됐다.

"그날 남대문 경찰서에 연행됐고 벌금 500만 원 선고받았죠."

쇠사슬로 몸을 묶은 장애인

2001년은 노들야학이 가장 정신없이 돌아가던 해였다. 학생들

사이에 이동권 투쟁과 검정고시 중에서 어떤 게 중요한가, 교육과 운동, 무엇이 우선인가, 하는 논쟁이 벌어졌다. 박경석은 이렇게 설득했다.

"이동권이 확보되지 않는다면 장애인이 야학에 다닐 수조차 없지 않은가. 검정고시 합격도 좋지만 당장 합격을 한다 해도 그들의 인생이 달라지지 않는다는 것은 모두가 아는 사실 아닌가. 어디로도 이동할 수 없어서 그들은 다시 집 안에 갇힐 뿐이다. 그리고 교육이란 검정고시에만 한정될 수 없다. 매일매일 외출하는 것도 교육이고 저항하는 것도 교육이다. 우리의 문제를 누가 대신 해결해 주지 않는다. 우리가 싸워야 한다."

박경석은 또 진보적 장애인 운동을 하려면 시내에 새로운 공간이 있어야 한다고 주장했다. 새로운 공간을 마련하기 위해 몇 년 전부터 돈을 모아 작은 공간을 마련할 수 있는 종잣돈이 모였다. 박경석은 서울의 도심에 이동권 투쟁의 거점을 만들고 싶었다. 문제는 비싼 임대료였다. 결국 노들야학은 정립회관에 그대로 둔 채 사무국만 종로구 대학로에 문을 열었다.

그렇게 바쁜 와중에도 이동권 투쟁은 계속됐다. 2001년 8월에는 세종문화회관 앞에서 시내버스를 4시간 동안 점거하다가 시위대 85명이 경찰에 연행된다. 노들장애인야학 박경석 교장은 1970년대 미국 장애인들처럼 버스 안에서 자신의 몸을 쇠사슬로 묶었다. 그 뒤 쇠사슬은 장애인의 억압과 저항을 상징하는 이미지가 되었다.

"세상이 우리 장애인들에게 만들어 놓은 일종의 함축된 '형상'이죠. 이것을 풀어야 하는 것이고 이것을 풀기 위해서라도 묶는 거예요. 그 쇠사슬이 지금은 경찰들에게 잘리고 있지만 언젠가는 우리 스스로 이 쇠사슬 잘라 내겠다는 표현이지요."

장애인들 사고는 해마다 끊이지 않았다. 2002년 5월에는 지하철 5호선 발산역에서, 1급 중증장애인 윤재봉 씨가 지하철 리프트를 이용하다가 추락하여 사망하는 사고가 발생했다. 박경석은 서울시의 공개 사과를 요구하며 8월 12일부터 국가인권위원회를 점거하고 단식농성에 들어갔다. 단식농성 39일 만에 서울시는 '저상버스 연차적 도입, 2004년까지 서울시 모든 지하철역에 엘리베이터 설치' 등을 약속했다. 또한 같은 해 10월 30일 국가인권위는 국가기관 최초로 '발산역 추락 사고 원인은 리프트 결함과 공공기관의 직무 소홀'이라고 발표했다.

그렇게 치열하게 싸우는 사이에 박경석과 함께 정자결의를 했던 박흥수, 정태수가 세상을 떠났다. 박흥수는 그 당시 생존을 위해 앵벌이하는 장애인들의 모습을 보면서 최소한 노동을 통해 생계를 책임져야 한다는 의미로 노점상 개척에 열중했다. 또한, 카세트테이프를 팔며 생계를 이어 가다 구청 단속에 항의해 분신한 장애인노점상 최정환 열사와 인천 아암도에서 의문의 주검으로 발견된 이덕인 열사 투쟁을 책임지며 정권과 맞서 치열하게 싸웠다. 그리고 청계천에서 노점하는 장애인들을 모아 전국노점상연합과 전국장애인한가족협회의 공동기구인 '장애인자립추진위원회'를 만들어 가난한 장애인의 생존을 위한 투쟁을 확대해 나갔다. 그렇게 열심히 살던 박흥수는 2001년 7월 23일 세상을 떠났다.

"흥수 형은 평생 가난한 장애인과 함께하면서 자신도 참으로 가난하게 살았죠. 그 당시 조직적인 상황과 개인적 가난 속에서 지병인 당뇨병이 심해졌고 더군다나 술까지 과하게 먹게 되면서 결국…."

정태수 열사는 1980년대 말부터 서울장애인종합복지관 '싹틈'동문회 연대사업부장, 장애인운동청년연합회, 전국장애인한가족협회 등을 거쳐 20여 년 동안 장애인 운동에 헌신하면서 불꽃같은 삶을 살았다. 열사는 지난 2002년 3월 3일, '제1기 장애인 청년학교' 수료식 도중 과로에 의한 심근경색 증세로 세상을 떠났다.

아저씨 이름이 이동권이에요?

그렇게 많은 사람이 여러 장애인 단체들과 힘을 모아 이동권을 줄기차게 제기해서 2004년 교통약자의 이동편의 증진법이 제정되도록 한 것은 큰 성과였다. 그 덕에 저상버스(계단이 없는 버스)가 도입되고 전철역에 엘리베이터가 생기고 장애인 콜택시도 생겼다. 그렇지 않았다면 '이동권'이란 개념이 뭔지도 몰랐을 것이다. 이런 사연도 있다. 이동권 100만 인 서명운동을 할 때였다. 거리에서 "장애인이 안전하고 편리하게 대중교통 이용할 수 있도록 이동권 서명해 주세요!" 하고 외치는데 지나가던 꼬마가 "아저씨 이름이 이동권이에요?" 하고 묻더란다. 2003년 국립국어원 누리집에 '이동권'이라는 신조어가 등장했다. "그전에는 아예 그런 개념, 인식이 없었던 거다. 비장애인들은 이동권이라는 걸 권리로 생각해 본 적이 없다. 숨 쉬는 게 권리인가? 너무나 당연해서 권리로 생각하지 않는 게 장애인들에겐 절박한 문제였다. 장애인에게 이동권은 모든 사회적 관계의 출발, 만남의 기초이다."

정립회관에서 쫓겨나다

1993년에 정립회관에 취임을 했던 이완수 관장이 2004년 '만 65세'로 돼 있던 정년을 연장하기 위해 정관을 변경하려고 했다. 노들을 비롯해 정립회관 노동조합은 강력하게 반발했다. 공공재산인 사회복지법인을 사유화하고, 민주적인 절차를 벗어나는 행위라고 생각했다. 이완수 관장은 문제를 제기한 노동조합과 노들야학을 탄압하기 시작했다.

2004년 6월 22일 '정립회관 민주화를 위한 공동대책위원회'를 구성해 정립회관 점거투쟁을 시작했다. 그 점거투쟁은 해를 넘겨

무려 231일 동안이나 계속됐다. 이완수는 관장 자리에서 물러났지만, 관장보다 더 큰 힘과 권력을 휘두를 수 있는 한국소아마비협회 이사장이 됐다. 그리고 2006년 6월 14일, 노들야학은 정립회관으로부터 '퇴거요청'이라는 공문을 받았다.

"2006년 12월 1일, 우리는 그렇게 14년 동안 온갖 추억과 끈끈한 정이 묻어 있던 정립회관을 떠났다. 그리고 2007년 1월 2일, 추운 겨울 대학로 마로니에공원에 천막 세 동을 치고 길거리 야학을 시작했다."

학교 문턱도 밟아 보지 못한 40여 명의 중증장애인들이 한글을 배우고 덧셈 뺄셈을 공부할 교실 하나를 구하지 못해 추운 겨울 길바닥에 천막을 쳤는데도 아무도 관심을 갖지 않았다. 박경석과 노들야학은 마로니에공원에서 교육 공간을 마련하기 위한 서명운동을 벌이면서 서울시 교육청도 방문해 지원을 요청하고, 많은 후원자의 도움도 받아 현재 노들야학 공간을 얻는다.

2017년 2월 15일, 박경석은 〈나, 다니엘 블레이크〉라는 영화의 주인공처럼 충정로 사회보장위원회 건물 외벽에 붉은색 스프레이로 글씨를 썼다.

"나 박경석, 개가 아니라 인간이다."

뒤이어 휠체어 탄 사람들이 자신의 이름이 적힌 피켓을 든다. 박경석은 그 사건으로 또 벌금 271만 원을 맞았다. 현재 전과 26

범이다. 지난 2014년 3월 말경에는 벌금을 안 내 감옥에도 갔다 왔다.

현재 박경석 교장을 비롯한 장애인단체들이 정부에 요구하는 문제는 절박하다. 모든 지하철 역사에 엘리베이터 설치, 저상버스 도입, 활동보조인서비스 확대다. 그리고 가장 시급한 것은 장애등급제, 부양의무제 폐지다. 의학적 손상으로만 재단하고 등급이라는 말로 장애인 낙인을 찍는 장애등급제와, 가족에게 모든 책임을 떠넘기는 부양의무제는 악법 중의 악법이다.*

전국장애인차별철폐연대(전장연) 등 광화문공동행동 단체들은 지난 2012년 8월 21일부터 '부양의무제', '장애등급제', '장애인 수용시설'의 폐지를 주장하며 광화문지하도에서 5년째 천막농성을 해 오고 있었다. 박근혜가 탄핵되고 정권이 바뀐 뒤 박능후 보건복지부 장관은 지난 2017년 8월 25일, 광화문 장애인단체 농성장을 방문해 민관협의기구 설치를 약속하고 광화문 농성을 풀기로 합의했다. 그리고 9월 5일, 전장연이 열 살 생일을 맞이하는 날, 광화문 농성 1842일 만에 농성을 풀었다.*

---

* 2019년 7월 장애인 등급제가 폐지됐지만 예산이 확보되지 않고, 무엇보다 수요자 중심의 서비스가 이루어지지 않고 있다.

뒷이야기

지난 4월 5일 종로구 동숭동 노들야학으로 박경석 교장을 만나러 갔다. 12시에 만나기로 했는데 12시 반이나 돼서 왔다. 장콜(장애인 콜택시)이 안 와서 늦었단다. 휠체어를 탄 장애인은 약속 시간을 지킬 수가 없다. 이동이 자유롭지 않기 때문이다.

활동보조인이 휠체어를 밀고 버스 정류장으로 갔다. 다행히 저상버스가 와서 금방 탈 수 있었다. 그날은 집회가 두 군데에서 있었다. 먼저 종로구청 앞에서 4월 5일 식목일과 4월 20일 장애인차별철폐의날'을 기념해 '종로구 장애인자립생활 권리보장 나무를 심자!'라는 제목으로 기자회견을 했다. 이들은 "누구도 배제되지 않는 세상! Leave no one behind"를 요구했다.

다음 집회는 '장애인거주시설폐쇄법(꽃동네 폐쇄법)제정 촉구 결의대회'로 충정로 사회보장위원회 건물 앞이었다. 아침부터 내리는 비 때문에 기온은 내려가고 길은 질척거렸다. 비옷을 입었다지만 비를 고스란히 맞을 수밖에 없는 휠체어가 젖어 장애인들은 추워 보였다. 종로구청에서 집회가 끝나고 광화문역에 전철을 타러 갔는데 리프트에 휠체어가 세 대나 기다리고 있었다. 충정로까지 걸어가려고 다시 엘리베이터로 갔다. 사람이 차 있었지만 휠체어를 밀고 들어갔다. 인원 초과라는 경고음이 들렸다. 활동보조인이 "누구 한 사람 다음 엘리베이터를 타세요" 하고 부탁했지만 아무도 내리지 않는다. 장애인 타라고 엘리베이터를 만

2018년 4월 5일 장애인 거주시설 폐쇄법을 제정하라고 요구하며 서대문 사거리
에서 시위하는 박경석 씨와 전국장애인차별철폐연대 회원들.

들었는데 비장애인들 차지였다. 어쩔 수 없이 다음 엘리베이터를 기다려야 했다.

휠체어를 밀고 충정로까지 걸어갔다. 길이 매끄럽지 않고 턱이 많아 활동보조인이 휠체어를 미는 게 힘겨워 보였다. 이런 길을 수동 휠체어로 장애인 혼자 가기에는 불가능해 보인다.

사회보장위원회에서 집회가 끝난 뒤 다시 광화문으로 행진했다. 휠체어 스무여 대가 천천히 광화문 쪽으로 행진했다. 서대문 사거리에서 박경석 교장이 휠체어를 일렬로 세워 차량 통행을 막아 버렸다. 순식간이었다. 10분 동안 구호를 외치는데 멈춰 섰던 차들이 경적을 울린다. 경찰이 경적을 울리지 말라고 승용차 운전사에게 부탁을 한다. 세상이 조금씩 변하고 있다. 장애인들도 마음 놓고 다니는 세상이 돼야 진정한 민주주의 국가다. (2018)

선애진 생명운동 농사꾼,
토종 씨앗을 지켜가다

—

식량주권으로 우리 밥상 살리기

식량주권으로 우리 밥상 살리기

　강원도 홍천에서 남편과 함께 만 평 농사를 짓는다는 선애진을 찾았다. 그렇게 규모가 큰 농사를 짓는다는 것만 해도 힘에 부치는데 선애진은 그 밖의 일로 더 바쁘다. 현재 6년째 홍천군여성농민회 회장을 맡고 있고, 강원도 홍천시동공동체 '언니네텃밭' 단장을 맡아 꾸러미사업도 하고, 회원들과 토종 종자를 심어 퍼트리는 일도 한다. 강원도 홍천군 남면 유치리로 선애진을 만나러 간 날은 마침 '2018 토종씨앗채종포 개장식'을 하는 날이었다. 홍천군여성농민회와 서울과 수도권에서 온 행복중심생협 회원들까지 모두 쉰 명가량이 모여 토종 씨앗을 심었다. 선애진의 현재 직책은 홍천군여성농민회 회장 겸, '언니네텃밭 생태농업위원장'이다.

　선애진은 전라남도 보성에서 태어났다. 보성은 얼마 전에 경찰의 물대포에 맞아 돌아가신 백남기 씨 고향이다. 선애진 집도 그

근처이다. 큰오빠가 백남기 씨의 친구라고 했다.

선애진은 칠 남매 중 외동딸이다. 위로 오빠가 다섯, 아래로 막냇동생이 있다. 집안은 가난했지만 어린 시절은 행복했다. 초등학교를 다니면서 늘 오빠들의 사랑과 보호를 받으면서 살았다.

선애진 집안은 본래부터 그렇게 어려웠던 건 아니다. 할아버지가 비단 장사를 해서 무척 부자였다. 그런데 아버지가 어린 나이 때부터 세상 돌아가는 걸 알았다. 친구들 만나면 정치 얘기할 정도로 의식이 높았다. 그 당시는 이승만이 정권을 잡은 뒤 친일파 세력들이 다시 살아나 올바른 소리 하는 이들은 모두 빨갱이로 몰려 죽었던 시절이었다. 결국 선애진 아버지도 좌익 사건에 연루돼 감옥에 갇혔다. 할아버지는 삼대독자를 살리려고 논밭 다 팔아 겨우 아들을 구해 냈다.

아카시아 피던 5월

1980년 광주항쟁이 일어났을 때 선애진은 고등학교 3학년이었다. 시민군들이 버스를 타고 보성으로 내려왔다. 아마도 시민들을 더 모으려고 내려온 듯한데 그때 선애진은 아무것도 몰랐다. 군청에서 근무하고 있던 오빠는 수정장이라는 여관을 빌려 시민군들을 재웠다. 라디오에서는 "여러분은 지금 포위돼 있다. 백기 들고 나와라. 공산주의를 추종하는 빨갱이들이 조종해서 넘어간 것이다" 하는 이상한 방송이 나왔다. 무슨 일인지 무서운 상황이 벌어진 듯한데 정확히 알려 주는 교사가 없었다. 유일하게 불어 선생님이 광주 상황을 이야기해 줬다. "지금 그들은 정의로운 싸움을 하고 있다"고 했다.

다음 날 새벽에 오빠가 집으로 와서 선애진에게 학교에 나가지 말라고 했다.

"우리는 학교 안 가니까 너무 좋았어요. 그때 아카시아가 활짝 피던 시기였는데 꽃향기에 취해서 돌아왔어요."

시간은 흘러갔다. 선애진은 광주항쟁이 어떻게 끝났는지 모르고 고등학교를 졸업했다. 조선대에 합격했는데 사립학교라 등록금이 비싸 포기했다. 1년 뒤 1982년에 전남대를 들어갔다.

학교 분위기는 공부할 분위기가 아니었다. 1980년에 일어났던 광주항쟁 이야기가 끊이지 않았다. 첫 시험을 보는데 학생들은 모두 시험 거부 운동을 펼치고 있었다. 선애진은 왠지 시험을 거부하는 게 옳은 일이라 생각했지만 시험을 치렀다. 그런데 시험이 너무 유치했다. 사지선다형으로 나온 시험문제는 고등학교 때 문제와 별반 다르지 않았다. 이게 대학 시험이란 말인가? 대학 교육이 이것밖에 안 되나? 생각했다. 선애진은 배움에 목이 말랐다. 그때 1학년 같은 과에 서클 활동하는 친구가 있었다.

"서클에선 뭘 배우냐고 물어봤죠. 나도 그 서클에서 배우고 싶다고 얘기했더니 그 친구가 되게 좋아하더라고요. 언더 서클이었는데 이름은 '사회조사연구회'라고 했어요. 처음엔 사회를 조사

하는 건가? 생각했는데 굉장히 센 언더 서클이었어요."

아리랑

선애진은 그 서클에서 인문학, 철학을 공부하면서 다른 세상을
배웠다. 막연하게 짐작했던 광주항쟁의 실체도 알게 됐다. 님 웨
일즈의 『아리랑』을 본 것도 그 즈음이었다. 그 책은 미국인 여기
자 님 웨일즈가 1937년에 한국인 독립 혁명가 김산(본명 장지락)
의 일대기를 기록한 책이다.

"주인공의 삶을 따라 살고 싶었어요."

그는 자연스레 운동권 학생이 됐고 늘 데모 현장에 있었다.

"그때는 연락할 핸드폰도 없던 시대였죠. 시내 어디로 가라고
하면 걸어서 갔죠. 시위 장소가 변경되면 연락해 주는 사람 말을
듣고 또 옮겼어요. 주로 금남로에 모였어요."

전두환 정권의 발악은 더 심해졌다. 그해 10월 12일 전남대 총
학생회장이었던 박관현이 모진 고문을 당한 끝에 감옥에서 사망
했다. 학생들은 박관현 사망 진상규명과 5·18 진상규명을 요구
했다. 학내 민주화투쟁도 계속됐다. 박정희 유신정권이 부활시킨
학도호국단을 없애고 총학생회 설립을 요구하는 데모였다.

"그때 보름씩 단식투쟁하기도 했어요. 부모님들이 와서 울고
불고 하기도 했어요. 농성장에서 며칠 있다 나올 수도 있었지만

나중엔 경찰이 가두기도 했어요."

선애진은 야학도 했다. 5·18 당시 항쟁을 이끌었던 들불야학 교사들이 활동을 많이 했는데 항쟁과 함께 와해되면서 활동이 없었다. 선애진과 동기들은 그 후신을 만들고자 했다. 이름이 무지개야학이었다. 선애진은 임동성당과 광산구에 있는 성당을 오가면서 노동자들을 만나 수업을 했다.

선애진은 야학을 하고 노동자들을 만나면서 핍박받는 노동자들의 현실을 알게 됐다. 학교를 꼭 다녀야 할 필요성을 느끼지 못했다. 자연스럽게 시험을 안 보게 됐고 3학년 1학기를 마치고 학교에서 나와 버렸다. 선애진은 공장으로 가야겠다고 생각했다.

처음에 광주에 있는 마이마이 녹음기 헤드 만드는 공장을 들어갔다. 종업원들이 3백여 명가량 있는 꽤 큰 회사였다. 처음으로 하는 노동이 힘들었지만 6개월 동안 잘 버티고 있었다. 다른 동료들과 잘 어울리면서 조직을 만들려고 했다. 그런데 어느 날 같은 학교 서클에 있었던 동기가 공장을 들어왔다. 서로 아는 체하지 않고 눈치만 주고받으면서 공장을 다니고 있었다.

어느 날 점심시간에 관리자들이 교육을 했다. 늘 빤한 이야기였다. 회사가 어려우니 연장 근무를 늘리겠다는 것이었다. 그 친구가 벌떡 일어나 소리쳤다.

"지금 이렇게 일방적으로 노동자들의 의사도 묻지 않고 연장 근무시키고, 월급도 제대로 지급하지 않고, 이게 옳다고 생각하십니까?"

앗, 선애진이 놀랐다. '벌써 저러면 안 되는데' 하고 생각했다. 당시에는 대학을 다니다 공장을 들어오면 '위장취업'이라는 무시무시한 죄목으로 보안사에 끌려가기도 하던 시절이었다.

다음 날 긴장된 마음으로 출근을 했다. 분위기가 이상했다. 회사 관리자가 '묘경이'를 찾고 있었다. '묘경이'는 선애진이 쓴 가명이었다. 선애진은 슬그머니 뒷문으로 빠져나와 그대로 공장 밖으로 도망쳤다.

"회사에서 신고한 거죠. 그 친구는 단칼에 잘려 못 나오고, 경찰이 조직을 캔 거죠."

선애진은 다른 공장을 들어갔다. 이번에는 '하드' 만드는 공장이었다. 가끔 하드를 먹을 수 있었다. 그게 얼마나 불량식품인지 나중에야 알았다.

선애진은 그곳에서도 오래 있지 못했다. 어설픈 노동운동 출신 동료가 한 명 있었는데 입이 너무 가벼웠다.

"그 사람이 저를 그렇게 괴롭히는 거예요. 철저하게 투철한 애가 아니고 그냥 물을 좀 먹은 애? '김묘경 무슨 냄새가 나. 냄새나.' 이런 소리를 하고, 만나자고 그러고, 쫓아다니고. 그래서 나와 버렸어요."

노동운동을 하겠다는 선애진의 의지는 꺾이지 않았다. 이번엔 속옷 만드는 공장을 들어갔다. 그런데 전에 다쳤던 허리가 도지기 시작했다. 3학년 때 교문 앞에서 데모를 하다가 백골단한테 쫓겨 학교 안으로 들어오다가 넘어져 방패로 찍히고 밟힌 허리였다. 당시에 그냥 약만 먹고 제대로 치료를 하지 못했다.

"속옷 공장에서 시다로 일할 때 너무 힘들어 비지땀을 흘리고…. 서 있을 수가 없었어요. 학교 다닐 때 걷지 못하고 리어카에 실려 갈 때도 있었어요. 그래도 젊을 때니까 약만 먹었어요. 그런데 공장에서 일하는데 허리가 너무 아파서 일을 할 수가 없었어요. 거기서 4개월 하다가 그만뒀죠."

그때 선애진은 한 남자와 사귀고 있었다. 전남대 동기였는데 나이는 선애진보다 한 살 많았다. 야학도 같이 한 동지였다. 고향이 강원도 홍천인 그 남자는 손가락 두 개가 없었다. 어릴 때 집에서 소를 키웠는데 작두로 여물을 썰다가 잘렸다.

선애진이 학교를 그만두고 공장을 다닐 무렵 그 남자는 도자기 공장에서 일을 하고 있었다. 도자기 공장에서 성형을 해야 하는데 손가락이 없으니 맞출 수가 없었다. 결국 그만두게 됐다.

그 남자의 꿈은 농사였다. 돈을 벌지는 못하더라도 이 사회의 근본은 농사라고 생각했다. 고등학생 때부터 의식화 서클에 참여하면서 세상에 눈을 떴다. 그때부터 농촌을 살려야 한다고 생각했다. 농촌에 뿌리를 내리고 농민운동을 하겠다고 마음먹었다. 같이 시골로 가자고 선애진을 유혹(?)했다. 하지만 선애진은 어릴 때부터 농사일이 얼마나 힘든지 알고 있어 절대 안 된다고 했다. 남자가 귀농할 의지가 너무 굳어 헤어져야 하나 생각했다. 그 남자는 자기와 같이 시골 가면 일을 전혀 안 해도 된다고 끈질기게 설득했다. 하루는 선애진이 홍천에 있는 그의 집을 방문했다.

"집에 가서 보니까 어머니가 일을 전혀 안 하시는 거예요."

그런데 그 어머니는 아들이 귀농하는 것을 '결사반대'하고 있었다.

선애진은 그 남자와 같이 귀농할 마음을 먹은 뒤 고향 보성에 다녀오기로 했다. 3년 만이었다. 학생운동, 노동운동을 할 때 그동안 집에 연락 한 번 하지 않았다. 선애진을 본 어머니는 울음을 터뜨렸고, 아버지는 아무 소리 하지 않고 안아 주었다.

1990년부터 선애진은 홍천을 오갔다. 하지만 시어머니 될 분이 워낙 반대해 그 집에서 살 수가 없었다. 결국 홍천에서 20분 떨어진 남면 유치리에 터를 잡고 1992년 2월에 결혼식을 올렸다. 나이 서른한 살이었다. 집은 하우스로 임시로 짓고 남의 땅을 빌려 밭농사를 짓기 시작했다. 일을 안 해도 된다는 남편의 말은 애초에 믿지도 않았다. 이미 각오하고 왔기 때문에 시골 일이 두렵지 않았다.

그 무렵 도시의 노동운동만 치열한 게 아니었다. 열악한 농촌의 현실 속에서 1980년대 이후부터 벌어진 농민운동이 끊이지 않았다. 1984년 9월 함평과 무안 지역 농민들이 대규모 시위를 벌이며 농축산물 수입 금지를 요구했다. 이어 1985년 고성에서 소값 폭락에 항의하는 '소몰이 투쟁'을 시작해, 전국으로 확산되었다. 정부가 농산물 수입 자유화를 추진하면서, 1988년 한 해

동안 전국적으로 연인원 20여 만의 농민들이 270여 회에 걸쳐 시위를 벌였다. 그러나 정부는 제조업 중심의 수출 전략과 자유 무역주의를 더욱 강하게 밀어붙였고, 농민은 점점 벼랑 끝으로 내몰리고 있었다.

1990년대 이후부터는 이른바 세계화 때문에 더 어려워지고 있었다. 1993년 12월 우루과이라운드가 타결되고, 이어서 세계 무역기구(WTO)가 설립되어 농산물 시장이 빠르게 개방되면서 한국의 농업은 앞날을 기약하기 어렵게 되었다. 당시 정부와 기업들이 자유무역협정(FTA)을 적극 추진하면서 농가들은 점점 어려워졌다. 특히 미국, 유럽연합, 호주 등과의 협정은 국내 농축산물 농가에 큰 피해를 가져올 것으로 예상됐다.

여성농민회총연합

그때 홍천에는 가톨릭농민회(가농으로 줄임)가 있었다. 농민들은 자주적인 농민회의 필요성을 느끼고 1990년 4월에 전국농민회총연맹(전농으로 줄임)을 결성한다. 여성 농민들은 그 전해인 1989년 12월에 전국여성농민위원회라는 이름으로 전국 조직을 결성하기 시작했다. 그리고 1992년 1월 20일 전국여성농민회총연합(전여농으로 줄임)으로 개칭한다.

"1990년에 처음 만나서 1991년에 전여농을 만들었어요. 홍천

여성농민회가 먼저 만들어졌는데 쉽지 않았죠. 전여농은 특성상 빨리 조직이 안 돼요. 남편들이 전농 회원이면서도 아내가 여성 농민회 활동을 한다고 하면 잘 이해를 못하죠. 지역에 활동가 한 사람이라도 있으면 서로 엮어서 조직을 만들었죠. 두세 사람 학출(학생 출신 운동가)들이 들어와서 조직하기 시작했어요. 기존 가농 회원 부인들이 같이 해 주시고. 처음에 제가 맡았던 직책은, 총무로 시작했나?"

선애진은 1994년 전여농 감사로 시작해, 1999년에는 교육국장 등을 맡으면서 더욱 바쁜 삶을 이어 갔다.

당시에 농민들의 조직인 전농이 처음 생기고 경찰은 긴장했다. 홍천에도 경찰이 상주하다시피했다.

"처음엔 경찰이 무서워서 좀 떨었어요. 그러다 더 큰소리를 쳤어요. 그랬더니 그때부터 달라지더라고요. 농민대회 때마다 싸웠어요."

선애진은 집회 현장에 큰딸을 늘 데리고 다녔다. 아이는 자연스레 집회 현장을 보고 자랐다. 어느 날 아이가 다니는 유치원 선생님한테서 전화가 왔다.

"어머니, 샛별이가 이상한 노래를 불러요. 무슨 북한에서 부르는 노래 같아요. 어머니가 무슨 활동하시는 건 아는데 대체 이게 무슨 노래인가요?"

무슨 노래인가 물어봤더니 '삼천만 잠들었을 때'라는 가사로 시작하더란다. 선애진은 폭소가 터졌다. 늘 부르는 '농민가'였다.

이런 노래다.

> 삼천만 잠들었을 때 우리는 깨어
> 배달의 농사 형제 울부짓던 날
> 손가락 깨물며 맹세하면서
> 진리를 외치는 형제들 있다.

노래를 모르시는 분들은 4분의 4박자 군가를 짐작하시면 된다. 한국 사회에서 가장 고통받고 핍박받는 삶을 살고 있는 농민들의 해방가이다. 어릴 때부터 엄마를 따라 농민대회에 참가했던 큰딸이 가장 먼저 배운 노래다. 그걸 북한 노래가 아니냐고 교사가 물었다는 얘기다.

경찰은 또 농민운동을 하는 이들을 동네 사람들한테 빨갱이라고 악선전을 퍼뜨렸다. 강원도는 워낙 보수적인 지역이라 그런 말들이 쉽게 먹혔다. 처음 몇 년 동안 마을 동네 사람들하고 친해지는 게 쉽지 않았다. 하지만 성실하게 사는 부부를 보면서 동네 사람들이 다가오기 시작했다.

토종 씨앗

2004, 2005년 무렵 노무현 정부 때는 남북교류가 활발했다.

남북한 여성농민 대표자들 모임을 할 때 당시 윤금순 전여농 회장이 북측 여성 농민들을 만났는데 그 여성 농민들이 씨앗을 주었다. 참깨 씨, 들깨 씨 같은 우리 토종 씨앗이었다. 앞으로 자주 만나면서 씨앗도 교환해 보자는 의견을 냈다.

"통일 텃밭 이야기도 나왔어요. 처음에는 상징적으로 화단에다 통일 텃밭 만드는 걸 군에 제안해서 추진해 보자, 한 군데라도 해보자, 그런 정책 사업이 있었는데 이명박이 정권을 잡으면서 교류가 끊겼어요."

우리 토종 씨앗이 점점 사라지고 있었다. 심지어는 청양고추 종자도 초국적기업 몬산토 소유다. 우리 토종 씨앗과 다른 점은 일회용이라는 거다. 그 씨앗을 심고 1년 뒤 씨앗을 받아 다시 심으면 고추 열매를 맺지 않는다. 기업들은 농민이 해마다 종자를 사도록 만들기 위해 DNA를 선택적으로 설계해서 수확물이 종자로서 다시 싹을 틔울 수 없도록 만들었다. 터미네이터 기술의 개발이다. 터미네이터 종자는 수확을 마치면 파괴되도록 유전적으로 조작돼 있다. 기업이 판매하는 1세대 종자는 정상적으로 자랄 수 있지만, 수확된 2세대는 종자로서 스스로를 재생산하는 능력이 아예 원천적으로 차단된다. 요즘에 나오는 씨앗이 모두 그렇다.

왜 미국을 위시한 강대국들은 약소국가들의 씨앗까지 장악을 하려고 할까. 1970년대 미국 국무장관이던 헨리 키신저가 이렇게 말했다고 한다.

"석유를 장악하라. 그러면 전 세계 국가들을 장악하게 될 것이다. 식량을 장악하라. 그러면 전 세계 인민들을 장악하게 될 것이다."

김은진 원광대법학전문대학원 교수에 따르면 미국은 150년 전부터 세계를 돌아다니면서 종자를 수집해 왔다. 그 종자를 상품화하기 위한 학회는 140년 가까이 되었고, 100년 전부턴 북극에 종자 창고도 만들었다. 종자 창고가 인류를 위한 것이 아니라, 기업들의 독점 수단이 되어 버렸다.

"저희가 토종 사업 하면서 결정적으로 다급하게 생각한 것들이 씨앗이에요. 아이엠에프 이후에 종묘회사들이 외국 기업에 넘어가면서 실제로 씨앗에 대한 자주권이 하나도 없어져 버렸어요. 우리나라에서 갖고 있는 씨앗도 외국 갔다 오면 우리가 로열티 내야 되는 거고 소유권을 자기네들이 주장하면 그만이에요. 우리가 갖고 있던 토종 씨앗은 다 농민의 것이고 우리 국민들 거잖아요. 농민이 소유권을 주장해야 하는데 등록을 하면 자기 거래요. 우리 앉은뱅이밀 등도 미국으로 건너가서 약간씩 변형돼서 다 등록이 돼 있거든요. 근데 다 원종이 우리 거예요. 미스김라일락 같은 것도 그런 거잖아요. 어느 나라를 점령하면 가장 먼저 점령하는 게 씨앗이에요. 먹거리. 다 빼 나가는 거죠.

그렇게 약소국을 죽이는 법안을 강대국들끼리 모여 지들 맘대로 정하는 기구가 WTO(세계무역기구)다. 2005년 12월 홍콩 도하개발어젠다(DDA) 각료회의도 그런 회의였다. 전 세계 농민들이 그 회의를 무산시키기 위해 몰려들었다. 비아 캄페시나는 88개 국에서 188개 조직이 가입하고 있는 농민들의 국제조직이다. 전체 회원 수는 2억 명을 넘어서고 있는데 새로운 조직들이 가입하면서 계속 증가하고 있다. 지난 20여 년 동안 비아 캄페시나는 전 세계에서 가장 크고 국제적으로 존중받는 농민 조직이 되었다. 현재 한국의 농민들도 참여해 활발히 활동하고 있는데 윤금순 전여농 전 회장, 김정열 언니네텃밭 전 단장이 한국 대표로 참여하고 있다.

한국에서 참가한 시위대는 유난히 많았다. 선애진은 투쟁단장으로 원정 시위에 참가했다. 당시 전국농민회총연맹(전농)에서만 900명, 전국여성농민 100여 명, 한국가톨릭농민회 100여 명, 한국농업경영인연합회에서 100여 명 등 1,200여 명의 농민 투쟁단이 꾸려졌다. 누가 억지로 동원한 것이 아닌 스스로 신청한 이들이었다. 7박 8일 동안 농촌 일손을 놓고 경비 100만 원을 들여 참가한다는 건 쉬운 일이 아니다.

왜 농민들이 이렇게 기를 쓰고 WTO 저지에 나섰을까? 왜 이렇게 농민들이 한사코 홍콩 도하개발어젠다 각료회의 저지에 물불을 가리지 않게 되었을까. 그 전해인 2004년 쌀 협상에서 한국은 미국의 압력과 횡포에 백기를 들었다. 우루과이라운드(UR) 10년의 세월 동안 우리 농민들의 삶은 더욱 피폐해졌다. 세계화라는 명분으로 내세우는 '개방농정'은 제3세계 농업 죽이기 정책이었다. WTO는 왠지 한국의 농민들에게는 전혀 상관없는 먼 우주에 있는 기구라고 생각되지만 농민의 삶과 직결되는 기구다. 강대국들의 음모를 파악하고 있는 전 세계 농민들은 너도나도 홍콩 각료회의를 무산시키기 위해 팔을 걷고 나섰다. WTO를 거부할 수 없는 대세라고 하지만 한국 투쟁단은 포기하지 않았다. 홍콩 각료회의를 향해 온몸을 던지겠다는 각오로 농민들이 자기 돈과 시간을 들여 홍콩을 가게 된 것이다.

"그때 가서 우리가 홍콩을 휩쓸었어요. 경찰이 세계무역기구 각료회의 개막식이 열리는 홍콩 컨벤션-엑시비션 센터 앞을 막아 버리니까 그 앞바다에 한국인 시위대가 구명조끼 입고 뛰어들었어요. 홍콩에서 헬기 띄우고 세계 이목이 집중됐어요. 홍콩 시내를 다 뒤집어 놨어요. 나중엔 스타가 뜬 것처럼 사람들이 구경하고 박수 치고 먹을 거 갖다 주고 난리였어요."

그해 12월 13~16일 바다에 뛰어들기부터 삼보일배까지의 과정을 거치면서 홍콩 시민들이 보여 준 지지와 성원들은 함께 간 농민의 예상을 뛰어넘을 정도였다. 시민들은 빵과 음료, 잼과 김치, 김밥 등 많은 식료품들을 전해 줬고 모금한 돈을 전달해 주는가 하면, 가게에서는 한국 농민임을 확인하면 받았던 돈마저 되돌려 줬다. 시내 곳곳에서 박수를 받았고, 저녁때 촛불집회에는 더 많은 홍콩 시민들이 참여하거나 구경했다. 처음엔 한국 시위대에 악의적이었던 언론도 호의적 관심을 보이기 시작했다. 집행부 대표들은 비폭력·평화적으로 집회를 유지하기로 결정을 했지만, 길거리를 행진하던 중 경찰이 상여 행진을 저지하는 데서 우리 농민들은 더는 참을 수가 없었다.

홍콩 경찰의 과잉 대응은 농민 투쟁단을 흥분시켰고, 화가 난 일부 시위자는 주변에 설치된 바리케이드를 뜯어 저항했다. 홍콩 경찰은 한국에서도 볼 수 없었던 고무실탄 70여 발을 시위대를 향해 발사했고, 5~8명이 고무실탄에 맞아 쓰러졌다.

한국 농민 100여 명이 연행됐고, 연행된 시위자는 비인격적 대우를 받아야 했다. 소변을 보는 것도 통제했고, 알몸 수색을 위해 수용된 장소도 경찰견 사육장, 대형버스 등이었다. 4인 기준 콘크리트 방에 이불도 없이 16명을 수용하기도 했다. 통역도 없이 신원 조사를 했고, 지문 날인을 강요했다.

"감옥에 열 명씩 갇혀 있었거든요. 그런데 다른 나라 농민들 인권을 유린하는 등 함부로 대하면 우린 다 같이 덤벼들고 항의했어요. 외국 사람들이 그걸 보고 놀라워했어요."

"나중에 거의 풀려나고 한 열 명이 구속됐어요. 홍천군농민회장님도 한 달 동안 감옥에 살았어요. 부인이 옥바라지를 하느라 계속 홍콩을 왔다 갔다 했죠."

선애진은 다시 토종 씨앗 이야기를 이어 간다.

"1997년 아이엠에프 이후에 거의 모든 종묘, 종자회사가 다국적기업인 몬산토 등에 다 넘어갔어요. 심각하게 씨앗 문제가 대두된 거예요. 우리가 토종 씨앗을 살릴 방도를 토론했죠. 우리가 몇천 년에 걸쳐 심어 왔던 씨앗을 다시 살릴 법률적인 자문도 받고 더 많이 심고 자료화하고 사진을 찍고 알리자고 했어요."

토종 씨앗을 살리는 데 가장 선두에 선 사람은 원광대 법학전문대학원 김은진 교수다. 김은진 교수는 한국의 대표적인 GMO 전문가로 1988년 '한국농어촌사회연구소'를 시작으로 20년 넘게 농업 현안을 연구해 왔다. 경자유전 원칙을 위한 농지법 개혁, 농민 중심 직거래제, 유기농 살리기 등의 구체적 대안과 정책을 내놓으며, 전여농 활동에 늘 함께해 왔다. 15년 전부터는 유전자조작식품(GMO)이 우리 밥상에 불러온 심각한 위기에 대해 경고하며, '토종 씨앗 지키기'와 '농촌 살리기'를 제안해 왔다.

"김은진 교수한테 봄에 토종 씨앗을 받았어요. 소중한 거라고 하면서 받아 왔는데, 가을에 김은진 교수가 '그 씨앗 갖고 오세요' 하니 아무도 심은 사람이 없는 거예요. '차에 어디다 두었는데', '아, 나 심었는데 어디 갔지?' 이게 현실이었어요."

모두 낭패감이 들어 고개를 못 들었는데 할머니 두 분이 서너 가지 씨앗을 받아 가지고 왔다. 모두들 놀랐다. 그래서 다시 한번 결의를 했다.

"해마다 해 보자 결의를 한 거죠. 마음과 현실은 그렇게 차이가 커요. 일단은 나와의 싸움도 있어요. 여러 가지 어려운 조건들, 농사 직접 지으면서 이 토종 씨앗 농사는 따로 지어야 돼요. 봄에 심었는데 그거 밭을 매고 있으면 나도 힘든 거예요. 가서 오이 따야 되는데. 남편이 기다리고 있는데 나만 그거 일하겠다고 돌볼 시간이 안 돼요. 그러다 보면 놓치고, 놓치면 풀에 묻히고 또 가족들과도 싸워야 돼요. '아, 이걸 해야지. 바쁜데 그걸 하고 있어요?' 해요. 할머니들은 좋은 씨앗 많은데 미쳤나 왜 그거 심냐고, 할머니들이 와서 약 쳐 주는 거예요. 쓸데없는 거를 한다고 막 뭐라고 하셔요."

선애진과 함께하는 회원들은 어떻게 해야 하나 고민을 했다. 한 집에 한 가지씩 씨앗을 가져가는 걸 원칙으로 하고 공동농사를 지으면 어떨까 하는 의견이 나왔다.

"명분도 서고 핑곗거리도 되고. 공동농사를 지으면 아, 영미엄마는 갔는데 나만 못 가면 되냐고(하는 핑계를 댈 수 있잖아요). 그런데 그런 공동농사를 보장하기 위해서는 소비자가 먹어 줘야 하고 밀어줘야 되잖아요. 그래서 나온 게, '우리텃밭'이라는 꾸러미가 나온 거예요."

토종을 팔 수 있는 길을 만들어야 했다. 장에다 팔아 봤자 못생긴 상품을 소비자가 사 갈 리가 없다. 여성 농민들이 구성한 마을 공동체에서 직접 재배, 수확한 먹을거리를 도시 소비자 회원들과 함께 나누고자 꾸러미를 만들었다. 처음엔 여성연대 같은 여성단체 회원들이 꾸러미 회원으로 참여했다. 여성 농민들은 소규모 텃밭에서 무농약으로 직접 생산한 먹을거리를 매주 한 번 소비자 회원들에게 택배로 보내 주고, 소비자 회원은 매월 정한 회비로 여성 농민의 생산을 지원하는 형식이다.

"우리가 시작해 보자 한 게 여기 강원도 횡성이 처음이었어요. 그때 당시에 여성농민회 센터에서 반상근으로 일을 한 7년 했어요."

건강한 먹을거리에 대한 관심은 광우병 이후에 더욱 커졌다. 전여농에서는 그동안 정책을 제안하고 투쟁 사업만 했는데 직접 식량 관련 사업을 해야 한다는 의견이 나왔다. 그래서 2008년부터 토종씨앗지키기 네트워크 〈씨드림〉에도 참여한다. 그리고 유전 자원 실태조사를 하고 토종 씨앗 채종포(씨받이 밭)를 만들어 토종 씨앗을 지키는 사업을 시작했다. 여성 농민 1농가 1토종 씨앗 지키기 사업도 시작했다.

"토종은 우리가 심지 않으면 아무도 안 심으니까. 씨앗을 보존하는 일은 우리가 해야 된다고 생각했죠. 2007년부터 해서 꾸준히 했는데 굉장히 더뎌요. 왜냐하면 지금 농업 구조가 단작화돼 버렸고 대량화됐고 농촌에 사람이 없고 각자 농사지으면서 활동하려고 들어갔던 사람들도 농사에 매진하지 않으면 안 되는 구조가 돼 버린 거죠."

강원도 횡성에서 첫 꾸러미를 배송한 뒤, 같은 해 7월 경북 상주, 제주 우영 생산자공동체가 생겨났다.

2010년에는 전남 순천, 안동 금소, 강원 홍천, 전남 나주 생산자공동체가 생겨난다. 이름도 '우리텃밭'에서 '언니네텃밭'으로 바꾼다. 그리고 해마다 꾸러미 공동체가 전국으로 퍼져 나가게 되고, 2016년에는 '언니네텃밭 여성농민 생산자 협동조합'으로 새롭게 출범한다.

선애진은 2009년에 강원도 꾸러미 사업단장을 맡아서 '우리텃밭' 첫 꾸러미를 보내게 된다. 5년 동안 맡고 있었던 여성농민회 회장에서 물러나자마자 이 사업을 맡게 됐다. 선애진은 그 이후 언니네텃밭 사업에 집중해 왔다. 올해는 생태농업위원장을 맡았다. 쉽지는 않다. 농민들이 언니네텃밭 하기 전에는 비료 쓰고 농약 치고 수확을 많이 하기 위한 관행농을 했다. 그런 농사를 하던 이들이 언니네텃밭에서는 소규모 다작과 다품목 농사를 해야 했다.

"쉬운 일이 아니에요. 풀도 직접 매야 하고, 비닐을 깔거나 농약이나 비료를 사용하지 않고 농사를 짓는다는 건 그 사람 철학 자체를 바꿔야 하거든요. 지난한 과정이죠. 한 분을 만나기 위해서는 굉장히 오랜 시간이 필요하죠. 그분의 농사 형태도 바꿔 줘야 하고 그분의 생각도 바꿔 줘야 하고. 그러기 위해서는 많은 노력이 필요하죠. 그러기 위해선 생태농업 지식도 갖고 있어야 돼요."

말만 들어도 간단한 문제는 아니었다. 선애진이 짓는 관행농은 만여 평이다. 그중에 2천 평이 유기농을 하고 있는 언니네텃밭이다.

"농사 규모가 워낙 커서 다 바꾸기는 힘들어요. 이 주변이 2천 평인데, 그러니까 풀 천지잖아요. 그 집에 가면 풀 천지라고 맨날 욕먹어요."

언니네텃밭 토종 씨앗

씨앗 도서관

씨앗 나눔으로 널리 퍼뜨리는 것도 쉽지 않다. 처음에는 다양한 걸 심어서 퍼뜨리기만 하는 걸 목적으로 했다. 그런데 누구한테 얼마를 줬는지, 다음에 또 그 사람에게 얼마큼 받아서 다른 사람한테 또 줄 수 있는, 체계를 갖춰야 하는데 시간과 돈과 관리할 수 있는 사람이 필요하다.

"그러려면 어떤 센터가 있어야 하고, 사람이 있어야 하고 그걸 지원하는 프로그램도 있어야 하잖아요. 그런데 지금 그런 수준이 안 되잖아요. 누구를 타고 갔는데 어디로 갔는지 모르는 거예요. 그래서 요즘 도시에서 뜻있는 분들이 하는 사업이 씨앗도서관사업이에요. 토종 씨앗을 빌려주고 다시 받아 그 씨앗을 다시 빌려주고."

요즘은 농사를 지으려고 토종 씨앗을 얻으려는 사람한테 씨앗을 나눠 주면서 몇 가지 약속을 한다. 두 배로 가져올 것, 내년에 두 집에 씨앗을 나눠 퍼뜨릴 것 등 몇 가지 약속을 하는데 지키는 분들이 거의 없단다. 더구나 그런 사람을 하나 하나 관리를 못하니까 계획적으로 할 수가 없다. 그래서 씨앗도서관이 필요하다. 지금은 그런 도서관을 만들 수 있는 기금을 조금씩이나마 모으고 있다고 한다.

"토종 땅콩 같은 것들은 환상적으로 맛이 좋아서 그런 건 좀 더 많이 생산해요. 그리고 쥐이빨옥수수, 토종 옥수수가 있는데 같이 심으면 닮아요. 옥수수가 닮아 버려요. 맛이 변하거든요. 그래서 20일 정도 띄어서 심어야 되거든요. 쥐이빨옥수수는 그래서 오늘 안 심었는데요, 쥐이빨처럼 뾰족뾰족해요. 그걸 튀기면 팝콘이 너무 잘 일어나요. 그런데 우린 그런 팝콘 하나도 못 먹잖아요. 다 지엠오 옥수수 사다 하니까. 그 두 가지를 많이 심어요. 땅콩하고 쥐이빨옥수수하고. 꾸러미에도 보내고 생협에서도 매장에다 홍천에서 채종포에서 생산한 것들 매대에 조금 넣어 놓고 거기서 팔고. 인기가 좋거든요. 미처 많이 생산을 못해서 많이 못 파는데 저희가 힘이 되면 조금 더 할 수 있는데 워낙 여력이 안 되니까. 전국 씨드림에도 운영위원으로 참여하는데 거긴 또 거기대로 열심히 참여하고 있어요."

뒷이야기

그날 수도권에서 온 행복중심생협 회원들과 언니네텃밭 농민들은 함께 토종 씨앗을 심었다. 행사표를 보니 올 12월까지 한 달에 한 번 공동 경작하는 날을 지정해 놓았다. 멀리서 와서 농사를 많이 짓지는 못하겠지만 농사를 하는 과정이라도 참여해야 책임감이 더 생길 것이다.

선애진의 아이들은 어떻게 컸을까. 부모가 열심히 사는 모습을 보고 자라는 만큼 아이들도 반듯하고 훌륭하게 자랐다. 큰딸은 성공회대를 졸업하고 인권단체에서 한시적으로 실무를 보고 있다. 둘째는 간호사로 일하고 있고, 막내는 대학을 다니면서 평화운동 활동을 하고 있다.

선애진은 님 웨일즈의 『아리랑』을 보고 글 속에 나오는 주인공과, 수많은 여성 독립운동가의 삶을 따라 살고 싶었다고 했다. 그렇게 살지는 못했더라도 비슷한 삶을 살고 있는 선애진의 삶을 보고, 또 누가 선애진의 삶을 따라 살고 싶어 할지도 모른다.

(2018)

(02) 959-7203

고현종 노년유니온 사무처장,
노년의 행복을 꿈꾸다

—

노년이 행복한 공상가

노년이 행복한 공상가

'노년유니온노동조합'이 있다. 조합원은 55세가 넘은, 현장에서 '퇴직'한 이들이다. 고용한 사업주도 없는 실업자들인데, 노동조합을 설립했다. 이 노년유니온을 설립하는 데 한몫한 사람이 고현종 씨다. 올해 1966년생, 54세. 노년유니온 조합원 자격도 없는 '젊은 사람'이 왜 노년유니온을 만들었을까. 다소 황당하고 공상주의자 같은 고현종 씨를 만나 살아온 이야기를 들었다.

"아버지 형제가 다섯이었는데 위의 세 분이 돌아가셨죠. 4·3항쟁 때. 넷째와 막내만 남았어요. 그 막내가 우리 아버지였어요."

제주도에서 태어난 고현종 부모님은 4·3항쟁의 상처를 안고 살았다. 고현종의 아버지 고태숙은 공부할 기회가 없었다. 중학교를 마치고 제주도에서 서울로 올라와 철공소에서 일을 하다가 가방 공장에 들어갔다.

"아버지가 손재주가 있었어요. 눈썰미도 좋았고요. 금방 기술을 익혔죠. 공장 생활을 하다가 독립해서 조그만 공장을 차렸어요."

고태숙은 인사동에 가게도 차렸다. 고향에서는 성공한 집안이라고 소문이 자자했다. 고태숙은 형님도 서울로 불러들여 자신이 운영하는 공장에서 일을 시켰다. 하지만 속으로 고태숙은 형을 좋아하지 않았다. 부모님이 자신은 공부를 가르치지 않고 형만 고등학교까지 보낸 것도 한이 됐다.

고현종의 아버지 고태숙은 부자 소리를 들을 만큼 어느 정도 돈을 벌었는데 술과 도박에 빠지기 시작했다. 금방 가세가 기울었다. 반면에 동생 밑에서 일을 하던 고태숙의 형은 성실하게 일을 하면서 착실하게 돈을 모았다. 동생은 파산하기 시작했고 형은 돈을 벌기 시작했다. 그러던 어느 날 형이 군대를 갈 때가 됐다. 형은 어떻게 하면 군대를 빠질 수 있을까 고민하다 동생을 죽이기로 작정한다. 물론 실제로 죽인 게 아니라 사망신고를 낸 것이다. 그래서 독자가 돼 군대를 가지 않았다. 고현종 아버지 고태숙은 나중에 자기가 죽은 사람이 아니라는 것을 증명하느라 고생하면서 호적 정리를 했다. 고태숙이라는 이름도 고태수로 바꿔야 했다. 그 호적 사건 때문에 고태수는 형을 더욱 미워하게 된다.

고현종의 큰아버지는 그 뒤 동대문구 전농동에서 큰 부자가 된다.

"큰아버지는 재작년에 돌아가셨는데 전두환 시절, 통일주체국민회의 선거에 나가, 민정당 후보로 당선도 됐죠. 나중엔 국회의원 김영구, 국회부의장까지 했던 사람 후원회장까지 했어요."

고현종의 어린 시절

고현종은 전농동 초등학교 들어갈 무렵부터 기억이 난다. 아버지는 점점 폭력을 휘두르는 사람으로 변했다. 그런 아버지 밑에서 자란 고현종은 초등학교 때까지 가끔 똥오줌도 못 가릴 정도로 내성적인 아이로 자랐다. 4학년 무렵 발야구를 할 때 마지막에 멋진 수비를 해서 친구들에게 칭찬을 받으면서 성격이 바뀌었다. 중학교를 들어갈 무렵부터 술과 담배를 하기 시작했다. 그리고 몸집이 왜소한 고현종은 강해지고 싶어 권투를 배웠다.

"학생 선수권 대회에도 나갔어요. 첫 경기 1회전에 졌어요. 다음 대회 두 번째는 2회전까지 버텼는데 역시 졌어요. 그 뒤로 권투는 내 길이 아닌가 보다 생각했죠."

고등학교 2학년 때까지 권투에 빠져 있었고 공부는 뒷전이었다. 대학 진학을 진작 포기했는데 어머니가 성화를 해서 시험을 보고 삼류대에 겨우 입학을 했다. 하지만 1년을 못 다니고 제적을 당했다. 아버지는 놀고 있는 고현종에게 월급도 주지 않고 공장 일을 시켰다.

고현종은 1986년 1월에 군 입대를 했다. 경기도 파주 25사단에서 복무를 했다. 다음 해인 1987년에 6월항쟁이 일어났다. 유사시 대비한다고 고현종 부대원들도 데모 진압 훈련을 받았다. 고등학교 때 친구 집에서 광주항쟁 테이프를 보긴 봤지만 사회가 어떻게 돌아가는지 정확히 알지는 못했다. 상병 때 하사관을 지원해 하사로 제대했다.

월급 제대로 받는 법

고현종은 월급도 주지 않는 아버지 공장에서 일을 하기 싫어 다른 일을 찾았다. 강서구에 있는 한진화섬이라는 의류 공장에 취직을 했다. 의류 부자재 등을 납품하고 영업하는 일이었다.

어느 날 퇴근을 하다가 동네 전봇대에 붙어 있는 전단지를 봤다. "월급 제대로 받는 법을 가르쳐 드립니다." 이런 문구가 씌어 있었다.

"월급은 회사에서 주는 대로 받는 거 아닌가?"

고현종은 호기심이 일었다. 쉬는 날 그곳을 찾아갔다. 골목길에 있는 허름한 건물 지하실에 사무실이 있었다. '이거 혹시 빨갱이 소굴 아니야?' 들어가 볼까 한참을 망설이다가 용기를 내서 들어갔다.

분위기가 이상하긴 했지만 왕성한 호기심을 물리치긴 어려웠다. '노동자 교실'이라는 이름으로 뭘 가르친다고 했다. 입학식 날, 수강생들은 사회자의 지휘 아래 '임을 위한 행진곡'을 불렀다. 고현종은 그 노래 가사는 몰랐지만 길에서 데모대가 부르는 걸 듣고 알고 있었다. 그날 그곳에서 부르는 그 노래에 가슴이 두근거렸다. 이곳에서 자신의 인생이 달라질 것 같은 느낌을 받았다.

그곳에서 고현종은 노동법을 배웠다. 사실 노동법보다 더 재미있고 충격을 받았던 건, 『철학 에세이』, 『아리랑』, 『껍데기를 벗고서』 같은 책이었다. 뭐가 뭔지 모르던 이 세상이 환히 보이는 듯했다.

"동생이 대학생이었어요. 가끔 동생이 보다가 책상 위에 던져놓았던 책을 봤지요. 『껍데기를 벗고서』 같은 책들이었어요. 그 책을 보면서 '아, 그래, 맞아! 아, 대학생 되니까 이런 책도 보는 구나' 했는데 나도 여기서 이런 책 보고 아는 척해야겠다. 텔레비전 보면 데모하는 이들이 멋있어 보였거든요."

고지식하고 몽상가적인 기질에 배우면 배운 대로 실천하는 고현종은 직장에서도 배운 걸 실천하려고 했다. 임금 인상을 계획한 것이다. 그때까지는 그저 회사가 주면 주는 대로 받아 가던 노동자들이었다.

"동료들이 '임금 인상? 그걸 우리가 어떻게 요구해? 무슨 근거로?' 하고 물어요. 전 배운 대로 말했죠. 이를테면 '식당 갔더니 밥값이 3천 원이었는데 4천 원으로 올랐다. 그러면 월급도 그 프로테지(인상률)만큼 올려 줘야 된다.' 이렇게 말했죠. 그랬더니 동료들이 '아, 그런 게 있어?' 하면서 좋다는 거예요."

고현종은 '건의서'를 써서 동료들한테 모두 서명을 받았다. 그리고 다른 동료한테 맡겨 놓았다. 그런데 다음 날 상무가, 출근한 고현종에게 사무실로 오라고 했다.

"사무실로 들어갔는데 책상에 그 건의서가 있는 거예요. 상무가 그 건의서를 내 얼굴에 집어던지면서 '야, 이 새끼야, 이런 거하려면 큰 공장 가서 하지 이런 조그만 공장에서 하냐?' 그러면서 바로 해고래요. 난 그때 노동법을 배웠으니까, 부당 해고라고 생각했죠."

고현종은 동료들에게 도움을 청했지만 웬일인지 동료들 반응이 싸늘했다. 배신감을 느꼈다. 고현종은 노동부에 진정서를 넣고 커다란 도화지에 '부당 해고 철회하라'는 문구를 써서 들고 회사 정문 앞에서 1인시위를 했다. 당시만 해도 6월항쟁의 여파로 노동자들의 요구가 봇물처럼 쏟아져 나오던 때였다.

"노동부에서 부당 해고라는 판정을 내렸어요. 제가 이겼죠. 그런데 회사가 저를 복직시킬 생각이 없는 거예요. 회사 동료들하고 사이도 안 좋아졌는데 일할 수 있겠냐는 둥 3개월치 월급 줄 테니까 끝내자는 거예요."

고현종은 회사 요구를 받아들였다. 하지만 사장이 사과를 해야 하고, 단 하루라도 공장에서 일하게 해 달라고 요구했다. 그러면 사표를 쓰겠다고 했다.

"난 동료들에게 내가 옳았다는 걸 보여 주고 싶었어요. 결국 하루 일하고 사과를 받고 회사를 그만뒀어요."

고현종은 다른 일자리를 찾으면서 노동법 교실 지하실을 들락거렸다. 그 단체는 무슨 단체인지도 몰랐다. 그곳에서 상근하던 이는 고현종에게 노동운동을 본격적으로 해 보겠냐고 물었다.

"나보고 '큰 결의'를 한번 해 보래요."

나중에 알았지만, 그곳은 사노맹 조직원들이 운영하던 노동 교실이었다. 사노맹은 남한사회주의노동자동맹의 준말이다. 남한에서 자생적으로 성장한 최대의 비합법 사회주의 혁명 조직이었다.

고현종은 조직에서 일할 수 있는 사람인지 심사를 받게 됐다. 중간중간에 무슨 혁명 전략이니 사회주의니 전망이 어떠냐고 묻는 말들이 나왔지만 고현종은 알아들을 수가 없었다.

"그 사람이 나보고 뭘 할 거냐고 물어요. 그걸 내가 어떻게 알아요? '내가 전망이 어디 있냐, 당신들이 대우자동차 같은 데 소개해 주면 나는 거기 들어가서 조직원 생활 열심히 하면 되는 거 아니냐'고 반문했더니 그런 게 아니라 스스로 공장을 찾아서 조직을 하래요. 아니면 지하철 공사를 시험 봐서 들어가래요. 뭐, 그러겠다고 했죠."

고현종은 지하철 공사를 들어가려고 시험 문제를 찾아봤다. 그랬더니 영어 시험이 있었다. 지레 겁을 먹고 포기했다.

"남대문 빤스(팬티) 가게에 취직했어요. 메리야스도 팔고 그런데죠. 며칠 뒤 조직원을 또 만났어요. 그 사람이 물어요. 지하철 공부는 잘되냐고. 그래서 남대문시장에서 빤스 판다고 했더니 어이가 없다는 듯 쳐다보면서 '그렇죠. 혁명이란 거는 다양한 곳에서 일어날 수 있죠. 빤스 가게라고 혁명이 안 일어난다는 법은 없죠.' 하더라고요."

고현종은 그 사람과 술 한잔 먹고 헤어졌다. 다음 날은 1992년 4월 29일이었다. 고현종이 왜 그날을 기억하는가 하면, 그 사람이 그날 경찰에 잡혔기 때문이다. 4월 29일은 그 유명한 사노맹 조직 총책 중앙상임위원장인 백태웅이 구속되던 날이었다. 고현종과 전날 만났던 김 씨가 택시 기사를 하면서 사노맹 조직원으로 활동했다는 사실을 그때 알았다. (김 씨는 훗날 귀농했다.) 사노맹은 1년 전 1991년 4월 3일 조직의 중심인물인 박노해(본명 박노평)가 검거되고, 1992년 4월 29일 백태웅과 사노맹 조직원들 39명이 잇달아 구속되면서 해체됐다. 백태웅은 반국가단체 구성이라는 죄목으로 무기징역을 선고받았고, 은수미(현재 성남시장)는 6년형을 선고받았고, 조국(당시 울산대 법학교수)은 교수로선 처음으로 국가보안법 위반으로 구속되기도 했다.

"내가 지하철 공사에 취직 안 하고 빤스 가게에 들어갔기 때문에 그 사람이 구속됐나 싶어 어떤 죄의식 같은 게 들었어요. 그 당시 나는 운동을 하겠다기보다 먹고사는 데 전념할 수밖에 없었죠."

고현종은 남대문 가게를 3개월 정도 다니다가 그만뒀다. 끈기가 없었다.

"어떡하지? 고민하다 택시 운전이나 해 볼까? 생각했죠. 면허는 군대 제대하고 바로 땄거든요. 그런 데 가면 노동운동도 할 수 있을까 생각했어요. 당시는 민주노총이 없을 때예요."

1992년 4월, 고현종은 성동구 용답동에 있는 고려운수를 들어갔다.

"택시는 한국노총 산하인데 그나마 고려운수는 좀 민주적으로 운영한다고 들었어요. 그때부터 노동운동을 한다고 노조나, 서노협(서울지역노동조합협의회)에서 하는 행사에 계속 쫓아다니면서 배웠죠. 들어간 지 3개월 만에 노조 간부가 됐어요. 후생복지부장부터 쟁의부장, 조직부장, 교선부장 다 거쳤죠."

고현종은 위원장까지 출마한다. 하지만 회사의 개입으로 떨어진다.

"그때 집에는 월세를 살았는데 돈도 못 갖다줬어요. 월급도 적은 데다 노조 간부하고 활동하니까 늘 돈이 쪼들렸죠. 일숫돈도 빌렸어요."

1987년 이후 대통령 직선제 개헌이 이루어지고 진보 세력은 끊임없이 수구 세력들에 맞서 조직을 만든다. 1990년대에 들어, '민중후보 독자출마파'는 한겨레민주당·민중의당을 구성했던 세력과 함께 민중당을 창당한다. 그러나 1992년의 14대 총선에서 원내 진입에 실패하여 민중당이 해산되자 이들은 민중정치연합·진보정당추진위원회로 잠시 흩어졌다가, 1993년에 다시 진보정치연합으로 모이게 된다.

"제가 동대문구 지역위원회를 맡게 됐어요. 처음에는 집행위원장하다가 위원장을 했죠. 택시 운전은 그만뒀어요. 상근비는 없었어요. 구청 공공근로도 하다가 아는 사람이 소개해서 보험회사를 들어갔어요. 실적이 안 오르더라고요. 작전을 짰어요. 타이어를 굴렸어요. 스페어타이어를."

타이어를 굴려? 고현종이 그때 일을 진지하게 설명하는데 공감하기 어려웠고 믿기 어려웠다. 하지만 워낙 튀는 행동을 하는 사람이라 어쩌면 그런 짓을 할 수도 있었겠다 싶었다.

"아침 열 시부터 오후 한 시까지 세 시간 동안 중앙시장 뒷골목 끝에서 끝까지 타이어를 굴렸어요. 와이셔츠에 넥타이를 꼭 메고 굴렸어요. 한 달 지나고 두 달쯤 되니까 상가 사람들이 대체 왜 그러냐고 나를 자꾸 불러 세워요. 아, 바빠서 안 된다고 하면서 계속 굴렸어요. 5개월쯤 되니까 상가 사람들이 도대체 궁금해서 못 살겠다 싶었는지 나를 잡아요. 그래서 얘기했죠. 사실 내가 보험회사 직원인데 보험이라는 게 당신의 스페어타이어 같은 존재다. 그걸 말로 설명하기 어려워서 스페어타이어를 굴리고 다닌 거다. 거기에 감동을 받아서 사람들이 보험에 가입하기 시작했어요. 그걸로 한동안 수입이 괜찮았죠."

고현종은 그 보험회사도 2년을 넘기지 못하고 그만둔다. 그 뒤에도 직업은 이것저것 바꿨지만 진보정당 운동만큼은 한길을 걸었다.

"진정추에서 하다가 '국민승리21'에서 동대문 중랑구 지역 위원장 하다가 민주노동당 위원장 하고. 당시 김혜련 씨도 같이 하다가 나중에 중랑구로 가고. 진보신당, 노동당까지….''

1997년 그 무렵 고현종은 지금 아내를 만난다.

"아내는 '노동자대학' 집행부 출신이었죠. 그때 노동자대학 구성원들이 사노맹 출신 계열이었는데 백기완 선생이 교장 선생님이었어요. 그때 강사가 박준성, 정태인, 조국, 이런 분들이었죠. 연애를 한 6개월 정도 했어요. 제가 학출에 대한 동경심이 있었던 거 같아요. 어떤 사안에 대해 딱 부러지게 얘기하는 그런 사람이 너무 좋은 거예요. 아내가 그런 사람이었어요. 이성적인 판단이 강해요. 자기 신념도 강하고. 거기에 매료가 된 거죠. 하지만 처갓집에서는 반대를 했죠. 왜냐면 자기 딸은 대학 나왔는데 남자가 대학도 안 나왔지, 부모님도 월세 살지, 직업도 없지. 뭐 할거냐고 묻더라고요. 철도청 시험 봐서 철도 공무원 되겠습니다, 하고 얘기했지만 그게 먹히나요. 그런데 아내가 결혼하겠다는 마음이 확고했어요."

주례는 당시 노동자 역사를 가르치던 박준성 선생이 섰다.

고현종은 이제 혼자가 아니었다. 노동운동이고 뭐고 먹고살 돈을 벌어야 했다. 예쁜 아기도 태어났다.

"택시 회사를 또 갔죠. 할 수 있는 게 그것밖에 없었어요."

하지만 진보정당 일에서 손을 떼지를 못해 택시 일을 제대로 할 수 없었다. 지역위원회 회의가 있다고 하면 차를 세워 놓고 참석하고, 저녁에 당에서 일이 있으면 일을 빠지기도 했다.

"사납금 채우기도 바빴어요. 나중에는 사납금 채우려고 과속도 많이 하고, 그러다 사고가 난 거예요. 중앙선을 넘어 유턴하다가 다른 차한테 받혔죠."

결국 택시 일도 그만뒀다.

아이엠에프가 닥쳐 구청 공공근로 일이 생겼다. 그거라도 해야 했다.

"공공근로 일을 하다가 아는 동대문 지역 신문사 사장을 만난 거예요. 우연히. '아니 위원장님, 어떻게 왔어요?' 하고 묻는데 창피했어요. 진보정당의 지역 위원장이 공공근로를 한다? 쭈뼛쭈뼛하고 있는데 '아니, 왜 이런 데까지 와서 공공근로 실태 파악하려고 위장취업하셨냐, 뭘 확인하려고 하냐'고 묻는 거예요. 그냥 얼버무렸죠."

고현종은 그때가 떠올랐는지 갑자기 눈물을 흘린다. "아, 참 내…." 하면서 알 없는 안경을 벗고 휴지로 눈물을 닦는다. 고현종은 한참 동안 말을 하지 못하더니 겨우 입을 연다.

"아내도 운동했던 사람인데, 나보다 능력이 뛰어난 사람인데, 큰애 태어나고 둘째 태어났는데, 아이들 키우면서 과외, 구몬 선생 이런 거 하면서 돈 버는데, 나는 변변한 직업도 없고 정당 운동 한다고, 위원장이랍시고 술 먹고 늦게 들어오고 선거 운동 하고 이러니까, 내가, 이 자리가 어울리는 자리인가, 고민이 많이 들었죠."

시대를 잘못 타고났던 것일까. 고현종은 뭘 해도 잘되지 않았다.

그런데 그렇게 살면서 부조리한 현실에는 눈을 감지 못했다. 공공근로 하면서도 차별 대우가 눈에 들어왔다.

"구청에서 밥을 먹는데 직원들한테는 밥값을 천오백 원 받는데 공공근로자한테는 2천 원을 받더라고요. 너무 불합리한 거예요. 우리가 더 어려운데. 서명을 받고 싸웠죠. 구청 국장이 와서 사과하더라고요."

그런 일을 하면서 젊은 청년들하고도 어울리게 됐다.

"만날 젊은 애들하고 술 먹고 다녔어요. 노래방도 가고 새벽에 들어갈 때가 많았죠. 아내는 너무 어이가 없죠. '공공근로라도 해서 먹고살아야 하는데 술 먹고 노는 데 돈 쓴다고. 당신이 지금 가정을 지킬 생각이 있냐'고."

공공근로 일도 없어지면서 다시 또 뭘 해야 했다.

"그때 전노련(전국노점상연합회)에서 아는 사람이 노점상을 한번 해 보라고 해요. 당시 전노련 사무실이 지금 동묘역 근처에 있었어요. 거기서 노점을 해 보라고."

아무 거라도 해야 했다. 조그만 손수레 같은 곳에 연탄불을 올려놓고 오징어를 구워 파는 장사를 시작했다.

"그때는 동묘역이 없었어요. 사람도 그렇게 많이 안 다녔어요. 노점상 하는데 안 팔려요. 총매출이 2만 원? 원가 빼고 뭐가 남겠어요."

그 자리를 소개한 이가 안돼 보였는지 다른 자리를 소개해 줬다.

"건대 후문이었어요. 지금은 건대글방이 없어졌는데 굉장히 번화가였거든요. 거기는 자릿세가 어마어마했어요. 그런데 유일하게 자리에 빈 공간이 있었죠. 그 앞에 상가 사람들이 지독해서 들어가지 못했던 자리였어요."

고현종은 전노련 사람들하고 세 팀을 짜서 거기를 들어갔다. 상가 사람들이 쫓아내려고 신고했지만 끈질기게 그 자리를 점령했다. 상가 사람들도 포기했다. 그런데 이번에는 조폭들이 시비를 걸었다.

"그때 석 달 동안 돈 한 푼 못 벌고 싸웠어요. 먹고살아야 하는 절박함은 조폭들도 못 당하죠. 대낮에 식칼을 보이면서 위협했지만 이쪽에서는 가스통을 열고 대항했죠. 나중에 협상을 했어요. 조폭 대장이 전노련 지역 간부예요. 저희들도 전노련 사람들다 알고 있었거든요. 자리 한 군데만 양보해 주는 걸로 협상을 했죠."

죽을힘을 다해서 자리를 만들었지만 워낙 재주가 없었는지 장사는 신통치 않았다. 신촌의 떡볶이를 맛있게 하는 집에서 레시피를 배워 와 그대로 만들었지만 손님이 오지 않았다.

"떡볶이를 접고 인형도 팔아 봤어요. 피카츄, 곰돌이 푸, 키티같은 게 잘 팔린다고 해서 그것도 팔아 보고 컵, 스푼 같은 것

도 팔았어요. 크리스마스 때는 하루에 현금 150만 원도 만져
봤어요."

그런데 고현종은 역시 돈 버는 데는 재주가 없었다. 그대로 밀
고 나갔으면 꽤 돈을 벌었을 텐데 금방 포기했다. 같은 품목들을
팔던 다른 노점상들이 항의를 했다. 고현종은 상도덕에 어긋나
는 일은 하고 싶지 않았다.

"그때 돈을 좀 벌었는데 다른 사람한테 리어카 값만 150만 원
받고 팔았어요."

자릿세가 천만 원까지 치솟았던 때였다.

때마침 민주노총에서 재정 사업을 같이 해 보지 않겠냐는 제안
이 들어왔다.

"평화은행 카드를 팔면 한 장에 5천 원 수수료를 받는 거예요.
민주노총에서 재정 사업으로 평화은행과 사업 제휴 협약을 맺은
거죠."

고현종은 평화은행에서 월급 85만 원 받고 노동자들에게 카드
를 파는 일을 했다. 민주노총에서 대의원대회 때나 행사가 있을
때 찾아가서 판매를 해야 했다. 2004년 총선 무렵에 민주노총 대
의원대회에 갔다.

"그런데 그날 박용진, 신장식, 김정진 같은 사람들이 대의원대
회에 온 거예요. 나랑 같이 운동했던 사람들인데 선거에 출마한
거죠. 노동자들에게 지지를 호소하고 후원금 내면 세액공제 된
다는 선전을 하려고. 나보고 어떻게 여길 왔냐고 묻는 거예요. 솔

직하게 얘기를 못했어요. 우리 동대문구에는 후보를 못 냈잖아요. 게다가 위원장인 나는 카드나 팔려고 대회에 왔는데 대의원 대회가 시작되고 '카드 사업 담당 올라와서 설명해 주세요' 하는 방송이 나오는데 안 나가고 그냥 도망갔다니까요. 도저히 못 나가겠더라고요. 내 인생이 이렇게 사는 게 맞나 고민했어요."

고현종은 그 뒤 잠깐 종교에 빠지기도 했다. 수행, 참선, 위빠사나 명상 하는 곳도 찾아다니고 했지만 답은 나오지 않았다.

2006년에 아내가 알고 지내던 성공회 최자웅 신부를 만났다. 최자웅 신부는 대한성공회 유지재단인 종로시니어클럽 관장이었다. 그는 고현종에게 종로시니어클럽에서 사회복지 일을 맡아서 해 보지 않겠냐고 제안했다.

"고민을 했죠. 사람들이 하는 말이 '선거하면 노인들 때문에 진보 진영이 진다, 투표권도 주지 말아야 된다'고 하는데 내가 만나면서 노인들을 조직해서 이 사람들과 다양한 교육이든 어떤 활동을 해서 어르신들이 조금 더 정확한 판단을 할 수 있게 하면 좋겠다. 그동안 내가 위원장을 하면서 위에서 어떤 정책을 세우면 내가 행동부대 정도 역할을 했는데 어르신들을 조직하면 내가 이 사회에 기여하는 게 아닌가, 이런 생각을 하게 된 거죠."

고현종은 종로시니어클럽 운영과 인사관리를 맡았다.

"어르신 노인복지를 하게 된 거죠. 성공회에서 구청이나 시청 위탁 사업을 하는 건데, 어르신들 일자리를 연결해 주는 일을 하는 거예요."

고현종은 문화유산 해설, 세무서 안내 도우미, 경증 치매 보조 등 일자리를 연결해 주는 일 말고도 어르신들이 지하철을 이용해서 물건을 배달하는 택배 사업을 만들었다. 이 지하철 택배 사업은 을지로 한 곳과 동대문 두 곳, 모두 70여 명의 어르신들이 일할 수 있는 성공 사례로 꼽힌다.

최자웅 신부와 고현종은 어르신들의 노동조합을 만들기로 마음먹었다. 어르신들의 가장 시급한 문제로 복지와 일자리 확대를 꼽고, 해결책을 찾기 위해 노인이 결집해야 한다는 제안이 나오면서 단체를 결성하는 데 힘을 모았다. 노조 결성 전 단계로 '복지시대 시니어 주니어 노동연합'이라는 단체를 결성하기로 마음먹고 조직을 하기 시작했다. '어버이연합' 등 수구 단체들이 삐딱한 시선으로 바라봤다.

2012년 7월 17일, 어르신들 200여 명이 한국기독교연합회에서 창립총회를 열었다. 수구 단체인 '어버이연합' 노인들 60여 명이 몰려와 난동을 부렸다.

"노인들이 무슨 노조냐, 이 좌빨 새끼들아, 어떤 성공회 신부 새끼냐, 사무처장 나와라.' 별소리를 다하더라고요. 경찰들이 미리 와서 벽을 만들어 큰 사고는 없었죠. 창립총회를 마치고 우리 노년유니온 어르신들은 그 사람들과 부닥치는 게 귀찮아 뒷문으로 나갔어요."

최자웅 신부는 이날 시니어 노동연합 초대 상임의장으로 선출됐다. 최자웅 신부는 "우리 시니어들이 하나가 되어 복지시대 진정한 주인이 돼야 한다"고 강조했다.

2012년 대선 국면이 시작됐다. 시니어 노동연합은 많은 언론의 조명을 받았다.

"대선 후보를 누구를 지지할 거냐, 이런 질문도 나왔어요. 우리가 노조 만들고 노인복지가 확정 안 되면 대선 때 누구를 지지할지 발표하겠다, 이런 얘기를 했거든요. 그런 게 궁금한 거예요. 왜냐면 노인들은 다 보수 찍을 줄 알았는데 완전히 다른 거예요. 그렇다고 운동권이나 명망가 노인들이 모인 것도 아니고 의식이 많이 깨인 노인들도 아니거든요. 우리 단체가 진보라고 할 수는 없어요. 보수가 80퍼센트 진보가 20퍼센트밖에 안 돼요. 그렇지만 이 사람들이 왜 노년유니온으로 묶였냐, 그만큼 우리나라에 노인복지나 노인 빈곤이 심각한 거예요."

2012년 대선이 끝났다. 불행히도 박근혜가 당선됐다. 박근혜 전 대통령은 대통령이 되자마자 기초연금 공약을 파기했다.

"우리가 고발했어요. 취임한 지 50일도 안 됐는데 시민단체한테 고발당한 건 처음일 거예요. 사기죄, 허위 공약 남발, 단체 이름하고, 노년유니온 위원장, 복지 단체 누구 등 이름을 걸고 기자회견하고 고발해 버렸지요. 그러니까 난리난 거예요. 공약을 수정할 때 대한노인회 찾아가서 설명했더니 대한노인회는 인정했는데 우리는 그거 인정 못한다, 성명서를 냈잖아요. 모든 노인 단체들이 대통령을 지지하는데, 반대하는 목소리는 우리밖에 없으니까 언론이 우리를 찾는 거예요."

기초연금을 줬다가 다시 빼앗아 가는 걸 이슈화시킨 데에도 노년유니온이 한몫했다.

그해 노동조합으로 설립 신고를 내기 전 고현종은 노동조합 이름을 어떻게 지을까 고민했다.

"그때 청년유니온이 있었어요. 그래, '노년유니온노동조합'이라고 하자, 줄여서 노년유니온이죠. 어르신들을 어떻게 설득할 거냐. '어르신들 노조 싫어하지만 노조의 특성이 있다. 노동3권. 헌법이 부여한 거다. 어떤 노인단체가 노인 정책 이렇게 저렇게 해달라고 해도 정부에서 안 들어주고 안 만나 주면 그만이다. 그렇지만 우리가 노조를 만들면 노조는 노동3권, 단결권, 단체교섭권, 단체행동권이 있으니까 안 받으면 헌법 위반이다.' 이런 논리로 어르신들한테 얘기했어요. 근데 어르신들이 의외로 '좋은 생각이다' 한 거예요."

드디어 10월, 노조 설립 신고서를 제출했다. 하지만 반려됐다. 교섭 대상자가 없고 실업자라는 이유 때문이었다.

"구직자가 있으면 노조가 구성이 안 된다는 거예요. 직장 다니는 사람이라야 된다, 직장 이름하고 사용자 이름을 기재하라는 거예요."

다음 해인 2013년 4월 23일 고현종은 구직자를 제외하고 일용직으로 일하는 조합원들의 직장 주소를 기입하고 나머지는 복지관 이름을 적었다. 대표자로는 동대문구 복지관 대표자 이름을 내세웠다. 5월 3일 마침내 설립신고필증을 받아 정식 노조가 탄생했다. 위원장은 교사 출신인 김선태(당시 76세), 사무처장은 고현종(당시 50세)이 맡았다. 조합원은 200여 명이었다.

노년유니온의 창립 의미는 남다르다. 그동안 노인 하면 대한노인회나 어버이연합 같은 보수 수구의 목소리를 대변하는 주장만 나왔는데 노년유니온의 목소리는 달랐다.

"촛불집회 할 때도 청년, 여성, 장애인 대표들이 와서 다들 한마디 하는데 노인만 없었어요. 그렇다고 '어버이연합' 노인들을 내세울 수는 없잖아요. 정부의 노인복지 정책을 규탄할 때 그전에는 언론이 노인을 대변하는 발언할 사람을 구하지 못했어요. 이제 언론들이 우리 노년유니온에 섭외하는 거죠.

살아 있을 때 장례식을 치르겠다

고현종은 그동안 되돌아본 삶은 실패의 연속이었다고 생각했다. 진보정당 운동을 오래 했어도 성과는 눈에 띄지 않았다. 그저 열심히 살았다. 그러다 보니 자신도 노년으로 다가가고 있었다. 노년유니온은 자신의 미래였다.

"지금이 가장 행복하죠. 내 인생의 목표가 생긴 거예요. 예전에 내 목표는 혁명이었어요. 추상적이죠. 이룰 수 없고 통제할 수 없는…. 우리가 혁명을 이룰 수 있다고 생각한 거예요. 나보다 더 똑똑한 서울대 나온 백태웅, 조국, 은수미, 이런 사람들이 된다고 하니까 나도 그게 될 줄 알았어요. 그런데 아닌 거예요. 그 사람들 다 민주당 품으로 갔고 남아 있는 건 루저들이에요. 노년유니온 만들면서 생긴 내 목표는 지금보다 더 멋진 노년이 되는 거죠. 사람들이 나이 드는 걸 거부하고 싫어하잖아요. '젊어 보이네' 하면 좋아하잖아요. '나이 들어도 멋진데' 이게 더 좋은 거예요. 육십 노년의 모습, 칠십 노년의 모습이 더 기대되는 거예요. 나는 이제 이 사회에 안락사법을 만들겠다, 그런 법을 만들어서 내가 스스로 죽음을 선택할 수 있게끔 하겠다, 그리고 노년 장례문화를 바꾸겠다, 죽고 나서 장례식을 하는 게 아니라 살아 있을 때 내가 만나고 싶은 사람 다 초대해서 만나고 작별 인사 하고 장례식 하고 안락사 하면 위로가 되겠다, 이런 꿈이 생긴 거예요. 그리고 그 전에 노인들이 편안한 노후를 즐길 수 있게 제대로 된 연금제도 개혁안을 만들겠다, 그래서 몇몇 교수들하고 연구 모임을 하고 있어요. 아마 6월쯤이면 로드맵을 발표할 거예요. 또 죽음학회도 만들고 싶어요. 어르신들도 공부하고 글 쓰고, 죽음을 당연히 받아들이고, 즐겁게 맞이할 수 있는 문화를 만드는 거죠."

하고 싶은 일이 많은 고현종은 그래서 요즘도 공부한다. 2011년에 4년제 사이버대학을 졸업했고 지금은 대학원을 다닌다. 사회복지사 자격증은 진작에 땄다.

"노년유니온이 제 인생의 전환점인데, 전문 지식이 필요했어요. 사람들이 노인의 죽음, 고독사, 학대 등을 궁금해하고 물어보는 거예요. 사람들한테 잘 설명하려면 공부를 해야겠다는 생각이

들었죠. 제가 현장에서 경험한 지식은 많지만 이론이 좀 부족하
거든요."

뒷이야기

고현종 씨를 만난 첫날, 살아온 이야기를 자세히 들려 달라고
했더니 두 시간 동안 고등학교 졸업할 무렵까지 이야기를 했다.
폭력 가정에서 자라 초등학교까지 오줌도 못 가린 이야기, 중학
교 다닐 때 술 담배를 한 이야기, 고등학교 때 권투를 배우고 패
싸움하고 조폭의 세계로 들어갈까 생각했다고 허풍이 뒤섞인 이
야기로 두 시간을 보냈다. 그런데 인터뷰를 하다 말고 고현종 씨
가 갑자기 가야 한다고 했다. 대학원에서 공부하기 전에 학우들
에게 김밥을 나눠 주는 아르바이트를 한다는 것이다. "아니, 아직
군대 간 이야기도 나오지 않았는데?" "인터뷰를 짧게 하면 되는
줄 알았어요." 그래서 지난 5월 3일, 동대문구청 지하 카페에서
다시 만났다. 그날도 네 시간 넘게 이야기를 나눴다.
고현종은 지금이 가장 행복하다고 말한다. 쫓겨날 걱정 없이
살 수 있는 임대아파트가 있고, 대학교를 다니는 딸이 둘이나 있
다. 고현종의 아내는 단체에서 일하고 있다. 협동조합과 사회적
기업을 지원하는 단체다. 고현종은 아내와 같이 대학원을 다닌
다. 네 식구 모두 대학(원)생인 셈이다.

라보차 노점상. 고현종 씨는 어르신들이 쓰던 물건들을 가지고 나와 작은 화물차에 진열해 놓고 파는 노점도 만들었다. 어르신 대여섯 분이 돌아가면서 물건을 팔고 있다. 수익금은 모두 어르신들한테 돌아간다. 단속에 걸려 벌금만 내지 않으면 폐지 줍는 일보다는 수익이 높다.

혹시 하고 싶은 이야기가 없느냐고 물었다. 잠깐 머뭇거리던 고현종은 웃으면서 이런 이야기를 했다.

"어디 운동 단체를 가든지 그 단체에서 나한테 후원해 달라고 부탁을 해요. 그런데 우리 노년유니온도 가난한 단체인데 왜 후원해 주기만 바라는지 모르겠어요. 먼저 '노년유니온에 후원해 드릴까요?'라는 얘기를 듣고 싶어요. 지금 우리 노년유니온은 어르신들한테 조합비도 안 받고 있거든요."

아, 듣고 보니 그렇다. 우리 진보 단체들은 서로서로 후원하고 도와주며 살고 있다. 노년유니온도 후원해야 하는데, 고현종 사무처장이 노년유니온이 어렵다고 엄살을 피우지 않으니 아마 어렵지 않은가 보다 생각하는지도 모른다. 진보 단체들도 빈부 차이가 있다. 도토리 키 재기이지만 상대적으로 넉넉한 단체와 어려운 단체가 있다. 조합비 없이 운영하는 노년유니온은 어떻게 유지되고 있을까.

"우리도 어렵지만 우리보다 더 어려운 사람들한테 후원하고 있어요. 동부시립병원에서 노숙자들, 행려병자들 치료 많이 해 주거든요. 거기에 한 달에 한 30만 원 후원해요. 지난달까지 200만 원 정도 후원했어요. 또 청년들 주거 출자 운동하는 데가 있어요. 시민 출자 청년 주택 '터무늬 있는 집' 거기에도 200만 원 출자해서 화제가 된 적이 있어요."

살기 어려운 세상이지만 이런 사람들이 있기 때문에 '살아지는' 것일까? (2019)

장혜옥 교육운동가,
전교조와 함께한 30년

—

학생들을 웃게 하는 투쟁

학생들을 웃게 하는 투쟁

"촌지를 받지 않는 교사, 학급 문집이나 학급 신문을 내는 교사, 지나치게 열심히 가르치려는 교사, 학생들의 자율성과 창의성을 높이려 하는 교사, 직원회의에서 원리 원칙을 따지며 발언하는 교사, 아이들한테 인기 많은 교사…."

기억나시는지? 1989년 5월 전국교직원노동조합(전교조)이 창립됐을 때 당시 문교부(현 교육부)에서 '전교조 교사 식별법'이라며 일선 교육청에 내려보낸 공문에 나오는 내용이다. 1990년에 문교부는 이런 교사들 1500명가량을 해임했다.

1993년 김영삼 정부는 사실상의 전교조 탈퇴를 조건으로 신규 채용을 받아들일 수밖에 없도록 강요했다. 전교조 교사들은 눈물을 머금고 복직 신청서를 썼다. 그때 복직됐다가 2007년에 또 한 번 해직된 교사들이 있었다. 그리고 끝내는 학교로 돌아가지 못하고 퇴임한 교사가 있다. 12대 전교조 위원장이었던 장혜옥 선생이다. 그이는 지금 어떻게 살고 있을까. 장혜옥 선생은 지금 집도 절도 없다. 연금도 없다. 하지만 같은 전교조 교사이자 해직자였던 김은숙 선생 집에서, 김 선생의 91세 노모를 모시고 내 집처럼 편안하게 살고 있다. 그분들을 만나기 위해 한 달 전 이사한 강릉으로 찾아갔다. 세 시간 남짓 걸려 강릉 안목 해변가 뒤에 있는 집에 도착했다.

기차역 종점에서 시작한 교사 생활

장혜옥 부모님의 고향은 이북이었다. 두 분이 결혼하고 서울로 내려와 정착하면서 딸 둘을 낳았는데 전쟁이 터졌다. 두 분은 제주도까지 피난 갔다가 서울이 수복되면서 돌아왔다. 서울은 폐허가 돼 있었다. 옛날에 살던 서대문에 판잣집 하나 짓고 다시 시작하셨다.

"전쟁 통에 위로 언니들이 죽었대요. 셋째로 태어난 제가 맏이가 된 거죠. 내 밑으로 셋이 있어요."

장혜옥은 초등학교 3학년 때 노량진으로 이사를 갔다. 그때는 중학교도 입학시험을 치러야 했다. 모두들 사대문 안에 있는 학교를 들어가는 게 꿈이었다. 하지만 장혜옥은 서울과는 반대쪽인 영등포여중을 택했다. 장혜옥은 영등포여중을 거쳐 영등포여고를 다녔다. 학교 공부도 잘했고 문예 백일장, 고전 읽기 대회

같은 데서 두루 상도 받았다.

"책을 좋아했어요. 어머니 아버지는 내가 어릴 때, 어디 앉아서 책 읽고 있는 모습, 그걸 기억하시더라고요."

장혜옥은 고등학교를 졸업하고 73학번으로 한양대 국문과에 입학했다. 장혜옥은 대학에서도 줄곧 수석을 유지했다. 놀기도 잘 노는 학생이었다.

"우리 때 청바지, 통기타, 맥주, 커피가 들어왔죠. 그 당시 우리 또래들이 낭만적인 걸 즐겼어요. 비만 오면 만나기, 기차 타고 춘천 여행 가기. 그때만 해도 세 시간 걸렸어요. 가다가 아무 데나 내리기, 내려서 차 한잔 마시기, 그런 여행을 많이 했어요."

1975년 3학년 때, 단과대학 회장 선거에 뛰어들었다. 한창 선거 운동을 하는데 이상한 소식이 들렸다. 학도호국단 체제로 바뀌어버렸다는 것이다.

"학생회 임원을 다 임명한다는 거예요. 군인 체계로 바뀐다는 거죠. 총학생회장이 사단장. 단과대학 회장이 연대장. 과대표가 중대장, 그런 식으로 바뀌었어요. 그래서 그때부터 데모에 나가고…."

젊음을 마음껏 누릴 수 있는 시대가 아니었다. 박정희는 1972년에 유신헌법을 통과시키고, 걸핏하면 긴급조치를 발동시키면서 살벌한 독재 정치를 펼쳐 나갔다. 그러나 학생들은 주눅 들지 않았다. 시위가 격화되고 점점 교문 밖으로 나오기 시작했다.

"한양대는 학생 전체가 나서는 투쟁은 안 했었거든요. 그런데 학생회를 학도호국단 체제로 바꾸는 만행을 저질러 학생들이 그때부터는 연좌시위도 하고 왕십리까지 진출하는 시위도 했어요."

장혜옥은 1977년 2월 26일 토요일에 졸업을 한다. 그리고 다음 날 기차를 타고 서울을 떠난다. 장혜옥은 남쪽으로 가 보자고 마음먹고 중앙선을 탔다.

"어릴 때부터 독립하는 게 꿈이었어요. 무조건 기차를 탔죠. 졸업장, 성적증명서, 졸업증명서, 교사 자격증, 이력서 하나 써 가지고…. 편집부 일을 하면서 책을 내기도 했고, 글도 쓰기도 했고, 상 받은 게 제법 있으니까 그런 거 이력서에 써 넣고…. 성적은 괜찮았으니까."

그 당시 중앙선 기차역 종점이 안동이었다.

"안동에서 내려 돌아다니다가 학교가 하나 보이길래 들어갔죠. 일이 되려고 하면 운이 트이잖아요. 일요일이었는데 마침 이사장님이 학교에 나와 있었던 거예요."

그때만 해도 시골엔 교사가 부족할 때였다. 이사장은 장혜옥이 내민 이력서와 서류를 보더니 반색을 했다. 그곳은 기독교 재단 학교였고, 장혜옥은 독실한 기독교 신자였다.

"얘기를 하는데 서류 근사하죠, 하나를 물어보면 열을 대답하죠, 열심히 신앙생활 할 때였으니까 성경 지식도 풍부했죠. 중학교 1학년 때부터 주일학교 반사를 했어요. 대학까지 했으니까 10년 동안 계속 한 거예요."

그 학교는 교사 정원이 차 있어 이사장은 같은 재단의 경안여
자상업고등학교(현 경안여자고등학교)를 소개했다. 일사천리였다.
장로 한 분이 소개해 줘서 방도 금방 구했다. 장혜옥은 다음다음
날부터 교사로 일하기 시작했다.

"이불 한 채 사고, 밥그릇 사고, 접이 밥상 하나 사고, 그렇게
시작했죠."

어딜, 여자가? 투쟁하는 장혜옥 선생

그런데 문제가 있었다.

"안동이 그렇게 보수적인 동네라는 걸 몰랐어요. 한 달 지나니
까 알겠더라고요."

장혜옥 선생은 하늘하늘한 블라우스와 청바지를 입고 첫 출근
을 했다. 모든 눈길이 장 선생에게 쏠렸다. 청바지 차림으로 학
교에 오다니? 청바지는 안동에서 남자 교사도 못 입는 옷이었다.
나이 먹은 무슨 과장인지 하는 사람이 으슥한 교실로 장혜옥 선
생을 데리고 가더니 문을 닫았다.

"막 야단치는 거예요. 어딜 여자가 청바지를 입고 다니냐고요.
그냥 가만히 듣고만 있었죠. 네, 네, 네, 대답하고, 그다음 날 청
바지를 또 입고 갔죠. 하하하."

그 과장은 얼굴이 붉으락푸르락했다. 교무실에서 다른 교사가

있는 데서 야단을 쳤다. 장 선생은 한쪽 귀로 흘려들었다. 그다음 날 또 청바지를 입고 갔다. 이번엔 교감이 불렀다.

"교감이 막 야단치더라고요. 그러거나 말거나 청바지를 입고 다녔어요. 3년을, 일부러."

하루도 빠짐없이 청바지를 입고 다녔단다. 그런데 사립학교에서 어떻게 해고를 당하지 않았을까. 장혜옥 선생은 너무 당연하다는 듯이 자기 자랑을 한다.

"그만두라는 소리는 못 하죠. 나 같은 교사가 어디 있어요. 잘 가르치겠다, 애들이 너무 좋아하겠다. 그때 가자마자 고3 가르쳤거든요. 저하고 네 살 차이 나는 학생들이 저를 신기해했어요. 일단 말투가 신기하고, 애리애리한 게 너무 신기하고, 뽀얀 게 너무 신기하고⋯. 뭐든지 아는 척하잖아요. 그 풍부한 지식들⋯. 종횡무진 박학다식해야만 되잖아요, 문학은."

장혜옥 선생은 다시 안동에서 남존여비 사상이 얼마나 지독한지 몇 가지 사례를 든다. 일단 학교에 여선생이 거의 없었다. 장 선생은 몇 년 뒤 남학생만 있는 경안고등학교로 옮겼는데 그때까지 그 학교 교사 60명 중 여교사는 세 명뿐이었다. 그동안 여자는 담임을 한 번도 맡지 못했다. 그런데 새로 부임하는 장혜옥 선생이 만만한 사람이 아니라는 걸 알았는지 가자마자 담임을 주었다.

"내가 여교사 첫 담임이래요. 그런데 학부모들 사이에서 '어머 여자야, 어떻게 해?' 하는 반응이었어요."

1979년 고등학교 3학년 학생들과 장혜옥 선생님

안동에서 여자는 2등급 '인류'였다. 아무리 연배가 높아도 일단 여자는 무조건 2등급이었다.

"학교에 실내화 신발장이 있어요. 남자 서열로 위에서부터 있고, 여자는 나이가 많고, 서열이 높아도 그 밑으로…."

2등급도 아닌, 사람 취급도 받지 못할 때가 많았다. 문상 때였다.

"어느 날, 학교 선생이 상을 당했어요. 문상 간다고 대절한 버스가 왔는데, 문상 갈 사람들 타라고 하더라고요. 탔더니 남자들이 이상하다는 듯 나를 쳐다보는 거예요. 왜 탔냐고. 여자는 문상 가면 안 되는 거래요. '왜요. 여자는 왜요?' 그랬더니 무조건 여자는 문상 가는 거 아니라고 해요. 그때부터 싸우기 시작해서 떳떳하게 문상 가는 데만 3년 걸렸어요."

처음 문상 간 날은 버스에서 내리지도 못하게 했다. 장혜옥 선생은 그 뒤에도 꾸준히 문상을 가는 '투쟁'을 했다.

"거의 3년 넘게 투쟁해서 떳떳이 가게 됐죠. 그렇게 됐는데 그 다음엔 가기 싫더라고요."

남자뿐만 아니라 여자들도 가부장 문화에 물들어 있었다. 수업이 끝나고 학교 밖 식당에서 남학생들하고 밥을 먹을 때였다.

"식당에서 일하는 아주머니가 애들한테 먼저 밥을 줘요. 그럼 애들이 '아, 선생님 먼저' 하면서 나한테 양보하면 식당 아주머니가 눈을 부라리면서 '어딜, 여자가 먼저?' 그런 충격들이 일상에서 계속…. '어딜, 여자 먼저….', '여자가 어딜?' 이런 말을 수도 없이 들었어요. 하루에도 몇 번씩…."

가장 안타까운 건 부모들이 자기 아이가 여자라는 이유만으로 대학을 안 보낸다는 사실이었다.

가부장 문화는 괴로웠지만 아이를 가르치는 게 너무 행복했다.

"보통 월요병이라고 그러잖아요. 저는 토요병. 애들하고 헤어져야 하니까 토요일이 너무 싫은 거예요. 그래서 가정방문 갈 때가 너무 좋았어요. 안동에도 시골애들이 유학을 많이 오거든요. 토요일 되면 애들이 시골을 가요. 하루에 몇 번 안 다니는 버스를 타고. 그러면 같이 쫓아가는 거예요. 가면 학부모들이 다 신기해했어요. 뽀얀 사람이 하늘하늘한 블라우스에 청바지 입고 다니는데 선생이라니까 얼마나 신기하겠어요."

호헌 철폐, 독재 타도

1979년 박정희가 사망하고, 1980년 전두환이 광주에서 시민들을 학살한 뒤 정권을 잡았다. 장혜옥 선생은 시국에 대해 깊이 알지 못했다. 1986년 무렵, 안동 가톨릭교회에서 모임을 만들어 활동하고 있었다. 그러던 어느 날 그곳에서 상영하는 광주 5·18 영상을 보게 됐다.

"아마 독일 기자가 촬영했다는 그 영상이었을 거예요. 그때부터 확 돌았죠."

장혜옥 선생은 잘못된 것을 보면 바로 고치려고 실천하는 성격이었다. 그 무렵 안동에서는 서너 명의 교사가 물밑에서 전교협(전국교사협의회) 활동을 하고 있었다. 장혜옥 선생은 망설임 없이 전교협에 가입한 뒤 활동하기 시작했다.

전두환 독재정권의 만행은 더욱 심해졌다. 1987년 1월 14일, 경찰이 치안본부 남영동 대공분실에서 박종철을 고문·폭행으로 살해했다. 그리고 그해 4월 13일, 전두환이 체육관에서 대통령을 뽑는 간접선거를 계속하겠다는 '호헌조치'를 발표했다. 6월 9일, 연세대 이한열 군이 경찰의 직격 최루탄을 맞았다. 6월 10일, 전두환이 잠실체육관에서 노태우를 민정당 대통령후보로 지명(?)했다. 그날 오후, 수많은 시민들이 거리로 나왔다. "호헌 철폐, 독재 타도!" 간접선거를 철폐하라는 구호를 외치면서 짱돌을 던졌다. 6·10항쟁이었다.

"안동 시내에서도 시위가 일어났어요. 박종철 사건 터졌을 때 다들 리본 달고 학교에 출근하자 그러더라고요. 까만 리본이 없어서 치마 속 까만 안감을 찢어서 리본을 만들어 달고 갔거든요. 교무실 선생님들이 싸늘한 표정으로 쳐다보더라고요. 난 다 달고 왔을 줄 알았어요. 뗄 수가 없잖아요. 하루 종일 달고 있었죠. 그게 일종의 심리적 계기였던 거 같아요. 그때부터…."

1987년 6월 불어닥친 민주화운동 바람은 사학 민주화와 교육 민주화 심지에 불씨를 댕긴다. 그해 9월 27일 '민주교육추진 전국교사협의회'(전교협) 창립식이 열린다. 전교협은 창립 1년 만에 전국 평교사의 10퍼센트에 달하는 3만 명의 회원이 가입한다. 2년 뒤, 1989년 5월 28일 한양대에서 전국교직원노동조합 창립대회를 열었다. 노태우 대통령은 교사 노조는 불법이라고 규정하고 원천봉쇄하고 폭력으로 진압했지만 전교조 창립을 막지 못했다. 당시 문교부(장관 정원식)는 전교조 조합원을 해직하겠다고 공표했다.

"전교조까지 잘 넘어왔는데 넘어오자마자 탄압을 받기 시작했어요. 7·9대회라고, 그때 2천여 명이 여의도에 집결했다가 한 시간도 안 돼서 다 잡혀갔어요."

장혜옥 선생도 동료 교사 여섯 명과 같이 집회에 참석했다가 경찰서로 끌려갔다. 이틀 동안 잡혀 있어서 월요일은 학교에 가지 못했다.

"학교에서 난리가 났어요. 교사들이 정권의 탄압을 피부로 확느낀 거죠. 화요일에 학교를 갔더니 전부 탈퇴하겠다고…. 탄압을 돌파하기 위해서 7·9대회가 열린 건데 '앗 뜨거라' 하면서 다 빠진 거죠. 열 명, 스무 명, 그다음 날 서른 명, 우르르 탈퇴 각서를 써서 내는 거예요."

장혜옥 선생은 각서를 쓰지 않고 혼자 남았다. 학교 재단에서는 장 선생이 쫓겨날까 봐 오히려 걱정을 했다. 실력 있고 인기 많은 교사를 놓치고 싶지 않았다. 학교에서 각서를 쓰라고 회유했지만 소용없었다. 그런데 어느 날 보니 장혜옥 선생도 탈퇴 각서를 냈다는 소문이 퍼졌다.

"나 안 냈는데요?' 했더니 낸 걸로 돼 있다는 거예요. 추적하니까 정말 저를 아끼고 사랑하는 선배가 '내가 책임진다'며 내 도장 갖고 가서 찍고 탈퇴 각서를 낸 거예요. 서랍에 도장 다 있었으니까."

장 선생은 화가 머리끝까지 올랐다. 아무리 자신을 아낀다고 해도 그렇지, 자기 신념에 어긋나는 짓을 할 수가 있을까. 도저히 참을 수가 없었다.

"그 집에까지 가서 깽판 쳤죠. '나 이거 소송 건다. 사문서 위조다.' 그 집안이 발칵 뒤집어졌어요. '당신이 왜 그런 짓을 하냐, 무슨 관계냐 둘이…'"

사태가 이상하게 돌아갔다. 결국 그 사람은 도장을 찍은 그 탈퇴 각서를 다시 빼 와서 장혜옥 선생에게 돌려줬다.

"그래서 무사히 해직됐죠."

장혜옥 선생은 해맑게 웃었다. 그때도 전교조 사무실에서 해직 통보서를 흔들면서 '무사히 해직됐다'며 웃었단다. 정말 행복해 보였다. 자기 삶은 자기가 끌고 가는 것, 당장은 힘들어도 그게 행복한 삶인지도 모른다.

해고될 당시 다니던 경안고등학교 학생들이 들고 일어섰다. '의기 충만한' 고등학교 1학년 남학생, 이들은 장 선생이 해고돼야 하는 까닭을 이해할 수가 없었다. 학생들에게 장혜옥 선생님은 최고의 선생님이었다.

"남자애들한테 제가 오죽 인기가 많았겠어요. 제가 부임하고 애들이 놀랐던 게 '여선생님이 가르치는 거 처음 봤다', '웃으면서 수업하는 선생님 처음 봤다', '존댓말 쓰는 선생님 처음 봤다', '안 때리는 선생님 처음 봤다'는 거예요."

아이들이 장혜옥 선생을 따르는 건 너무 당연했다. 전교생이 수업을 거부하고 운동장에 나와 스크럼을 짜고 연좌시위를 했다. 이사장이 장 선생에게 아이들을 설득해 달라고 간곡하게 부탁했다.

"열 시에 운동장에 전부 나와서 아이들이 송사하고 제가 답사하고 그러고 보냈다는 거 아니에요. '얘들아 잘 있어라. 내 꼭 돌아올게.' 그랬는데도 내가 가르치던 아이들은 화가 나서 수업시간에 새로운 선생님 오셨는데 뒤돌아 앉기, 교과서 안 꺼내기, 쳐다보지 않기, 엎드려 있기, 이런 거 한 거예요. 그 선생님 얼마나 곤혹스러웠겠어요. 그 당시 전교조 흐름 다 알 텐데. 그분이 저희 집까지 찾아오셔서 읍소를 하시더라고, 너무 가슴 아프다고 눈물 흘리더라고요. 그래서 일일이 아이들 찾아다니면서 '얘들아, 그러지 말거라. 내 반드시 돌아온다.' 그리고 끝났죠."

전교조 활동

장혜옥 선생은 1990년에 안동지회에서 교육선전부장으로 1년을 활동하다가 경북지부 정책실장으로 가게 된다.

"경북지부가 대구에 있었어요. 안동에서 기차 타고 대구로 출퇴근했죠. 그때 독서를 어마어마하게 했어요. 하루에 다섯 권? 정책실장이니까 정세 공부하느라."

1992년에 경북 출신 이영희 선생이 전교조위원장으로 선출됐다. 장혜옥 선생은 이영희 위원장 보좌관 격으로 본부로 올라갔다. 그런데 참 이상했다. 본부에 100명가량이 있었는데, 남자가 40명, 여자가 60명 정도였다. 그런데 위원장부터 국장까지 간부는 다 남자가 차지하고 있었다.

"나름 하나하나 보면 여자들도 다 서울에서 대학 다닌 잘난 사람들이고, 무슨 과에서 수석했던 사람도 있다 그러고, 여자들은 이렇게 똑똑하고 잘났는데 다 딱까리만 하냐, 항의하고 그다음 위원장이 오셨을 때 여성 간부를 세우라고 막 싸웠죠. 본부에 탁아소 만들기 운동도 하고 조직 내 성평등주의를 주장하고 여성주의 운동을 했죠. 하다 보니까 미운털이 박히기도 하고, '장혜옥은 너무 정치적이야' 하는 꼬리표가 붙었죠. 여성들의 의지, 그것이 권력 의지든 인정 욕구든 좋게 보지 않았던 거죠."

장혜옥 선생은 여성할당제도를 만들고, 남녀 동반 출마 제도도 관철하기 위해 노력했다. 상근비는 따로 없었다. 후원자들이 보내 주는 활동비로 차비도 하고 생활비를 해야 했다.

"한 달에 18만 원 정도 가지고 살았죠. 전 혼자니까 살았는데…. 그래도 저축한 돈 다 떨어지고 어떻게 하지? 이제 일 좀 해야 되나? 할 때 복직하느냐 마느냐 정부하고 교섭하게 됐어요."

이 글 앞부분에 밝힌 대로 전교조 탈퇴와 신규채용을 조건으로 복직하게 됐다. 전교조 교사들은 눈물을 머금고 복직 신청서를 썼다. 장혜옥 선생도 어쩔 수 없이 복직원을 썼다.

"희망 발령지를 쓰라고 하더라고요. 1지망 경안고, 2지망 경안고, 3지망 경안고를 썼는데…. 정말 지금 생각하면 어이없는 일이었죠."

나중에 알고 보니 원직 복직은 단 한 명도 없었다. 그리고 사립학교에서 해직된 교사들도 모두 공립학교로 가야 했다.

"영주 소수중학교로 발령이 났어요. 전 경안고등학교로 못 가는 게 너무 속이 상해서 밤새 소주 마시면서 울었다는 거 아니에요."

영주에 있는 소수중학교는 한 학년에 한 학급이 있는 작은 학교였다. 장혜옥 선생은 소수중학교 아이들하고 금방 정이 들었다.

"'사람이 꽃이다'라는 걸 그때 알았어요. 모둠수업을 할 때였는데 모둠 하나가 까르르 웃으면 봉오리가 활짝 피는 것 같고 고개 숙이고 공부하고 있으면 봉오리가 맺힌 것 같고, 정말 애들이 꽃 같다는 걸 느꼈어요. 설명하면 재미있다는 표정, 단어 뜻을 잘 모르면 '그게 뭐예요?' 하고 묻는데 너무 예뻐요."

1999년 7월 1일에 전교조는 드디어 합법화된다. 순식간에 조합원이 10만 명으로 늘어난다. 장혜옥 선생은 영주여고로 발령이 나고 2002년부터 영주지회장을 맡는다. 그리고 2002년 12월에 제10대 전교조위원장 선거에 원영만 후보와 수석부위원장 러닝메이트로 출마해서 당선이 된다. '학교 자치와 교장 선출 보직제' 추진본부장, 교육과정 개편 특별위원장 등을 맡았다.

노무현 정부가 들어선 지 1년이 지난 2004년 3월에 수구세력들은 대통령이 선거 중립 의무를 위반했다고 주장하면서 탄핵소추안을 가결시키는 '의회 쿠데타'를 일으켰다. 몇만 명이 탄핵소추에 반대하는 촛불을 들었다. 전교조도 '탄핵 반대 교사 시국선언'을 발표했다. 노무현 대통령은 대통령직에서 쫓겨날 뻔했지만 결국 제자리로 돌아왔다. 그런데 노무현 정권은 2004년 4월 2일 원영만 위원장과 장혜옥 선생을 '탄핵 반대 교사 시국선언'을 했다고 공무원법 위반 혐의로 기소한다. 그리고 1심에서 원영만 위원장에게 벌금 500만 원 형을 선고한다. 대체 이게 무슨 경우일까?

"저까지 다른 세 명은 벌금 30만 원 형을 선고받았어요. 저는 시국선언 기자회견장에 있지도 않았어요. 출장 가 있었거든요."

30만 원 벌금형은 교사직이 유지된다. 2심으로 넘어가 원영만 위원장은 300만 원 벌금형으로 낮아졌는데, 장혜옥 선생은 그대로 30만 원 벌금형을 받았다. 해직된 원영만 위원장의 300만 원도, 장혜옥 선생의 30만 원도 억울한 판결이기 때문에 당연히 대법원에 항소했다.

노무현 정권의 교육 정책은 보수 정권과 별반 다르지 않았다. 당시 교육부는 "실추된 공교육의 신뢰를 높이기 위해서 무엇보다 중요한 것은 선생님들이 스스로 신뢰를 지키는 일"이라고 하면서 교원평가제를 실시하려고 했다. 우리나라 공교육이 붕괴 위기에 직면할 정도로 심각하게 왜곡되고 파행에 이르게 된, 자신들이 밀어붙였던 교육 정책의 실패를 교원들에게 떠넘기면서 신자유주의 정책을 추진했다.

교육부는 또 NEIS(네이스: 교육행정정보시스템)를 밀어붙였다.

"네이스가 뭐냐면 그게 삼성 SDI가 처음 프로그램을 만들어서 학생 정보를 집적 유통시키는 건데, 핵심은 교육의 시장화예요."

네이스는 노동자 통제와 고객 관리를 핵심으로 하는 ERP(전사적 자원 관리)시스템을 바탕으로 해서 만들어진 것이다. 필연적으로 교원의 교육활동을 통제하고 학생의 개인정보 수집으로 인권 침해를 동반하게 된다. 전교조가 투쟁하지 않을 수가 없었다.

"노무현 대통령은 교육의 시장화에 대한 철저한 성찰이 없었던 거 같아요. 어쨌든 경제가 살아난다면 교육 문제를 풀어서라도 살려야 되지 않느냐, 그래서 경제 수장을 교육부 장관에 앉힌 거죠. 그런데 전교조가 끊임없이 투쟁을 하니까 미워 죽겠는 거예요."

장혜옥 선생은 수석부위원장 임기가 끝나고 경북으로 내려갔다. 그 뒤에 이수일 집행부가 들어섰다. 이수일 위원장은 대의원대회에서 결의한 교원평가 시범사업 반대를 위한 연가투쟁을 직권으로 철회했다.

"교사들에게 자극도 되고 수용할 수도 있지 않겠나. 이런 입장으로 대의원대회에 교원평가 시범사업 수용론을 내놨어요. 부결돼서 그 즉시 사퇴했죠. 이걸 나보고 수습하라고 해서 위원장 선거에 나가게 된 거예요."

장혜옥 선생은 2006년 3월 30일 치러진 전교조 제12대 위원장 보궐선거에서 전체 투표자 중 54.5퍼센트의 지지를 얻어 당선됐다. 전교조가 합법화된 뒤 첫 여성위원장이었다. 원칙주의자, 부드러운 카리스마, 탈레반 같은 별명을 얻으면서 노무현 정부의 신자유주의 교육 정책에 맞서 싸웠다.

끊임없이 노무현 정부의 교육 정책에 반기를 들면서 싸우는 도중 임기가 끝나고 제13대 위원장 선거가 시작됐다. 장혜옥 선생은 또다시 위원장 선거에 출마했다. 그런데 갑자기 2심에서 30만 원 벌금형을 받은 공무원법 위반 재판 사건을 대법에서 파기 환송시켰다.

"2심 끝난 지 6개월째, 제가 11월 중순에 후보 등록을 하니까 11월 말에 대법원에서 파기 환송시켜 버려요. 전에 법 해석은 공무원법 위반이었어요. 공무원이 성실 의무를 잘하지 않았다 이런 거였는데 벌금이 아무리 많이 나와도 해직되지는 않죠. 그런데 대법에서 파기 환송시키니까 고법에서 일주일 만에 선거법 위반으로 선고를 내리는데 벌금 100만 원으로 올려버린 거예요. 100만 원 이상이면 해직되거든요."

장혜옥 선생은 결국 선거법 위반으로 해직을 당했다. 성명을 발표했다고 해직되는 교사들이 있는 나라는 대한민국밖에 없을 것이다.

"해직이 되니까 다른 후보들이 '해직자는 자격이 없다, 해직자는 교원이 아니므로 교섭을 할 수 없다, 교섭을 할 수 없는 위원장이 어떻게 가능하냐' 하는 소문을 퍼트리기 시작한 거예요. 그 무렵 성과급 반대 투쟁으로 성과급 다 걷어서 반납해 버리자고, 성과급을 걷었는데 천억이 모였어요. 그러자 또 다른 후보들이 그 돈 안 주고 전교조가 투쟁 기금으로 한다, 이렇게 퍼트리기 시작한 거예요. 그러니까 선거운동 하러 가면 당신은 해직자인데 어떻게 위원장을 하나, 성과급 걷은 돈 줄 거냐, 안 줄 거냐 정확하게 대답해라, 이 얘기만 나와요. 되겠어요? 떨어졌죠. 그때부터 다시 해직 교사의 길을 걷기 시작했어요."

이명박·박근혜 정권이 들어선 뒤에는 전교조를 아예 말살시켜 버리려고 기를 썼다. 끝내는 전교조가 해직자 아홉 명을 노조 활동에서 제외하지 않는다고, 고용부가 지난 2013년 10월 24일 헌법도 아닌 '노조관계법 시행령'을 내세워 전교조가 법외노조임을 통보했다.(당시 양승태 대법원 시절 행정처가 '박근혜 대통령 국정운영 뒷받침' 사례 중 하나로 꼽은 바 있어 '재판 거래' 의혹이 있는 판결이었다. 2018년 8월 6일자 〈한겨레〉에서 인용함.)

전교조의 법외노조 재판은 대법에서 5년째 계류 중이다. 판결을 기다릴 것도 없이 대통령 한마디면 끝나는 사안이다. 대법원은 대통령 눈치를 보고 대통령은 수구세력 눈치를 보는 걸까? 문재인 정부도 전교조 합법화가 두려운 걸까? 알다가도 모를 일이다.

장혜옥 선생은 결국 학교로 돌아가지 못하고 해직된 상태에서 정년퇴임을 했다. 교실에서 아이들하고 한 번 더 만나지 못한 게 가장 아쉽다. 장 선생은 아이들 이야기만 하면 얼굴에 웃음꽃이 핀다.

"가장 행복했을 때가 아이들 가르쳤을 때죠. 아이들이 꽃처럼 피어나는 느낌을 받을 때…. 그래서 복직을 못 하고 퇴직한 게 마음에 걸려요. 김은숙 선생은 애들이 너무 힘들게 해서 명예퇴직을 했다는데 저는 퇴직될 때까지 그런 경험이 없어요. 그냥 사랑스러운 아이들이었어요. 제가 운이 좋았죠."

뒷이야기

그동안 전교조 교사들이 했던 일들을 돌아보자. '일제고사 폐지', '한국사 교과서 국정화 폐지', '친환경 무상급식 무상교육 실현', '학생인권조례 제정', '사학민주화와 부패사학 척결' 등 교육정책 개선과 함께, '0교시와 야간자율학습 폐지', '혁신학교 도입과 수업혁신', '내부형 교장공모제 도입' 등 교육정상화에 앞장섰고, '체벌·촌지 근절', '장애인교육지원법 제정', '교권 보호와 교원들의 노동조건 개선'까지 수많은 일을 했다. 해직되는 걸 두려워하지 않고 싸웠던 이들이 있었기 때문이다. 그런데 이들에게 보상은커녕 법외노조 굴레를 씌우고 복직조차 해 주지 않는다.

1989년 전교조 해직 교사들은 2000년에 만든 '민주화보상법'에 의해 모두 민주화운동 관련자로 인정됐다. 그러나 증서 한 장만 받았을 뿐 어떠한 실질적인 보상도 없었다. 늦게 교단에 복귀했거나 고령인 분들은 심지어 연금도 못 받고 있다. 두 번 해직된 뒤 정년퇴임한 장혜옥 선생도 연금이 한 푼도 없다. 그래도 마음맞는 동료 교사에 의탁해 함께 살고 있으니 부족함이 없다.

"1992년 봄 돼서 만난 게 김은숙 선생님이에요. 저도 해직 교사. 서울본부 여성국에 와 있었고, 그 이전부터 여성주의에 대한 성찰이 깊었던 사람이에요. 저는 2015년에 얼마 안 되는 제 모든 자산을 정리했죠. 주변 지인들에게 3일 동안 집을 개방하고 다 가져가라 했어요. 책도 2천 몇백 권이 있었는데 3일 만에 다 가져갔어요. 레코드, 책장, 오디오, 냉장고, 3일 만에 싹 없어지더라고요. 다 없애고 이 선생님 집에 캐리어에 옷 몇 벌 가지고 왔어요. 혼자 사는 비혼들이 주변에 많아요. 비혼들과 어울려 살아보자고 했죠."

장혜옥 선생의 삶을 되돌아보자. 2003년부터 2014년까지 10여 년 동안 민주노동당, 진보신당, 노동당에서 당 활동을 했다. 교육감 후보 예비선거에 출마하기도 했고, '학벌없는사회' 대표를 지내기도 했다. 아직도 장 선생은 맡은 직책이 많다. 물론 돈을 받는 직책은 아니다. 한베평화재단 이사, 이주노동희망센터 이사이자 운영위원, 평등사회노동교육원 이사, 소박한 자유인 이사, 참교육동지회 정책위원….

"운동이라는 게 조직을 떠난다고 없어지는 게 아니잖아요. 평생, 죽을 때까지 가는 거잖아요. 내 의식을 구현하는 게 운동이니까. 내가 어떻게 살 것인가, 무엇을 하면서 살 것인가가 늘 삶의 화두니까. 요즘은 한베평화재단 일을 주로 하고, 이주노동희망센터 일도 좀 많아요. 해외 학교에 교육 지원하는 것이 있어서. 그리고 전교조 전 위원장은 전원 전교조지도위원이에요. 죽을 때 전교조장을 치러 줘요. 전 다 돼 있어요. 하하하." (2019)